傷もの花嫁と龍神の契約結婚

水瀬蛍

STARTS
スターツ出版株式会社

目次

プロローグ 7
第一章 17
第二章 57
第三章 97
第四章 139
第五章 207
第六章 229
最終章 255
あとがき 278

傷もの花嫁と龍神の契約結婚

プロローグ

荒い息を吐き出す口の中は、いつの間にか血まみれになっていた。しかし気にしている余裕はなく、二歳下の妹を抱えたまま全速力で走る。

体全体が痛い。泣きそうになりながら必死で足を動かすも、どたどたと足音が背後から迫ってくる。

「もうちょっと、もうちょっとだからね」

背負った妹に言い聞かせるが、意識のない妹は返事をしてくれない。

どうしてこんなことになったんだろう。こんなところへ来なければよかった。

――楪《ゆずりは》が十歳の誕生日を迎えるその日。いつも家の近くにある公園でばかり遊んでいるから今日は少し遠出をして森の中で遊ぼうと言い出したのは、楪と妹の姫花《ひめか》のどちらだったかわからない。ふたりで手を繋《つな》ぎ、森で落ち葉や木の実を拾ったり、鬼ごっこをしたりして遊んでいた。

日が暮れるまでに帰ろうともう一度妹と手を繋ぎ直した時、森の奥から不気味な声がした。うううううう、と森全体が唸《うな》っているような低い声に背筋が凍る。

「お姉ちゃん……」

姫花が怯《おび》えたように楪の腕を掴《つか》んで身を隠す。

音はどんどんこっちに近づいてきている。

その瞬間、楪は姫花の手を引き駆け出していた。

足場の悪い森の中を走るのは難しく、すぐに姫花が木の根に引っかかり転んだ。姫花に引っ張られ楪の足も止まる。

「姫花！」

姫花のそばにしゃがみ込み怪我を確認すると、足や手が擦り剥けて血が滲《にじ》んでいる。

「うわあああん、お姉ちゃん、痛いよぉ」

「痛くない、痛くない。大丈夫だから。泣かないで姫花」

姫花の膝に手を置き力を込めると、みるみるうちに傷が塞がっていく。ほっと安堵《あんど》の息を吐いたと同時に猛烈な勢いでなにかが楪たちの前に踊り出た。

「うううううう、ああああああ」

それは大きな妖魔だった。大きく太い腕。指は三本で長く鋭い爪が生えている。

赤黒い顔をした異形の怪物の姿にふたりは悲鳴をあげた。妖魔の険しい形相と地を這《は》うような唸り声に気圧《けお》されて咄嗟《とっさ》に動けなかった楪たちに妖魔が突進してくる。

「姫花！　逃げて」

反応が遅れ、妖魔の太い腕がふたりにぶつかり、小さな体は吹き飛ばされた。どんと木に背中を打ちつけ、鈍い痛みに声も出せずうずくまる。

痛みでじんと顔が熱くなり涙が滲んだが、すぐに耳に飛び込んできた悲鳴に顔を上げた。

「姫花!」

木の前で倒れ込んでいる姫花に向かって妖魔が手を振り上げている。その光景を見た瞬間、楪は駆け出していた。姫花に飛びかかり腕に抱き込むと、振り下ろされた妖魔の爪が額を抉《えぐ》った。

「姫花、姫花、立って」

痛みをこらえながら必死で呼びかけるが、腕の中にいる姫花は目を閉じたまま答えない。ぶつかった衝撃か、妖魔の恐怖で気を失ってしまっていた。

幸いなことに振り下ろした妖魔の爪は木に食い込んで外れなくなったらしく、木の前で呻《うめ》き声をあげるばかりで楪たちから意識が逸れている。その間に姫花を背中に背負い、走り出した。

無我夢中で森の中を走る。額と打ちつけた背中が痛むが、気にしていられなかった。

木から爪を取ることに成功した妖魔が猛烈な速度で追いかけてくるのが音で伝わってくる。

がさがさがさ、どんどんどんと、木が揺れ、なぎ倒される音が森の中に響く。

森の出口が見えた。しかし楪の足はもう限界だった。ふらふらになりながらの歩みは遅く、音はすぐそばまで迫ってきている。

「もう、駄目だ……姫花、起きて」

どうにか姫花だけでも逃がしたいのに、姫花はぐったりとしていて起きる気配がない。

音を真後ろに感じて振り向いた時、妖魔の姿が目に入った。妖魔の血走った目を見た瞬間、体が硬直してしまった。その場に姫花共々へたり込む。

妖魔は目の前まで来ると腕を振り上げた。

もう駄目だ、死ぬんだ。そう覚悟すると、つんと鼻の頭が痛み涙がこぼれそうになる。

守れなくてごめん、姫花。

衝撃に備えてぎゅっと目を閉じた。

しかし、予想していた痛みは訪れなかった。びゅうと風が吹き込み、妖魔の咆哮《ほうこう》が轟《とどろ》く。

思わず目を開くと、真っ白い大きな物体が視界に飛び込んできた。

龍だ。白銀の鱗《うろこ》を持った龍が透けるような水色の鬣《たてがみ》を振り乱しながら妖魔の横腹に噛《か》みついている。

妖魔は抵抗しているようだが龍の力が強くすぐに力尽き、龍が口を離すと地面に転がった。小さく呻いた後、姿が溶けるようにすうっと消えていく。

その様を呆然《ぼうぜん》と見ていた楪を一瞥《いちべつ》した後、龍は木々の後ろに姿を隠した。

「あ、待って」

すぐに追いかけようとしたが、背中の傷が痛み立ち上がれない。

痛みが引くまでうずくまっていた楪は、そばにやってきた存在に気がつくのが遅れた。

「おい、大丈夫か」

はっと顔を上げると、男の子が立っていた。薄暗いせいで顔ははっきり見えない。幼さの残る体躯《たいく》から同い年か、少し年上くらいだろう。

「あの、龍を見なかった？」

「……見ていないが」

「そっか……さっき襲ってきた大きな妖魔を祓《はら》ってくれたの」

自分たちを助けるためだったのかは定かではないが、救われたことに違いないのでお礼が言いたかった。

「龍なんて間近で見て怖くなかったのか？」

男の子は硬い声で聞いた。

「全然。すごく綺麗《きれい》でかっこよかった！　あんなに綺麗な生き物を見たのは初めてだった」

あまりの美しさに息をするのも忘れたほどだ。

楪の言葉に男の子はなぜか少しだけ恥ずかしそうに顔を逸らし、話題を変えた。

「怪我の具合は？」

「私は平気。でも妹があまり大丈夫じゃなくて」

姫花は楪に背負われたままぐったりしていて背中を揺すっても反応しない。

「俺からしたらお前の方が大丈夫じゃなさそうだけどな」

男の子が楪の額を指さしたので、そっと手の平で額を拭うとべったりと血がついた。

予想以上に動揺したのは一瞬だった。すぐに意識のない姫花が心配でどうでも良くなった。

急いで姫花を地面に寝かし、目に見える傷に手を翳《かざ》して力を込めると、手元がゆっくりと温かくなり傷が消えていく。しかし、ひととおり治しても姫花は目を覚まさない。

「どうしよう、どうして目を覚まさないんだろう」

「恐らくただ気絶しているだけだろう。それよりもお前は治癒能力があるのか？　じゃあ自分の傷も治せ」

やきもきした様子で男の子が楪の額を指さす。

「ううん、治癒できるのは他人のものだけで、自分のは治せないの」

姫花を再び背負おうとしたが、背中の傷が痛み息が詰まった。

「背中にも怪我をしているのか？」

「うん、少し……」

「見せてみろ」と言われ、背中を捲《まく》られる。きっとひどい傷があったのだろう、背後で息を呑《の》む音が聞えた。

「これは、早く医者に見せた方がいい」

「血が出てる？　痕が残っちゃうかな」

「少しだけだ。治癒で綺麗に治るはずだから痕は残らない。安心しろ」

男の子の固さから楪が不安にならないように嘘を吐いてくれたのだと気づいた。その優しさが嬉しかった。

夜は妖魔が活発になって危ないから送っていくという男の子の言葉に甘えて、自宅付近まで姫花を背負ってもらうことになった。傷に障らないように気をつけながら家までの道を急ぎ気味で歩く。いつの間にか空は夜の色で覆われていた。

「お母さんに怒られちゃうな」

「俺がなにか言い訳をしてやろうか」

「ううん。いいの。門限を過ぎたのは私の責任だから」

家までもうすぐというところで、大声で姫花の名前を呼ぶ声が聞こえてきた。門限はとうに過ぎているので、心配した家の人たちが探しに出ているのだろう。

「ここまでで大丈夫。送ってくれてありがとう」

頭を下げて男の子に別れを告げる。

「本当にありがとう。あなたが来てくれてよかった」

「大したことはしていない。妹の命が助かったのはお前が勇敢だったからだ。泣かずによく頑張ったな」

そっと頭を撫《な》でられ、楪はぽかんと口を開けた。

今まで楪のことを褒めてくれる人は、遠くに住んでいる祖母だけだった。両親は楪に興味がないようで、褒められた記憶はない。まさか泣かなかっただけで褒められるとは予想もしていなかった。

「なんにもしていないよ。私、なにもできなかった」

「そんなことはない。こんな傷を負ってまで妹を守ったんだろう」

すごい、と男の子は言った。

さっき収まったと思っていたのに、つんと鼻の頭が痛む。

妖魔に襲われるなんて初めてのことで怖くてたまらなかった。泣き出してしまいたかった。体も痛くてくじけてしまいそうだった。

「本当は、不安でたまらなかったの」

男の子の手が頭を優しく撫でてくれる。その手の温かさに抱えていた不安感が消え、こらえていた涙が溢《あふ》れてきた。

名前もわからない男の子は棵が落ち着くまでそばにいてくれた。

「変なところ見せちゃって、ごめんね。ありがとう」

姫花を受け取り、「じゃあね」と泣いて赤くなった目のまま手を振ると、男の子も片手を上げて応えてくれた。

名前はお互いに聞かずに別れる。

男の子の背が消えるまで棵は見送り続けた。

背中にいる姫花がかすかに身じろぎしたのが伝わり、ほっと息を吐き出す。どうやら本当に気を失っていただけのようだ。

「お姉ちゃんなのに守れなくてごめんね」

棵は逃げるだけで立ち向かえず、姫花を危険に晒《さら》してしまった。もうこんなことがないように、大切な妹を妖魔から守れるように強くなりたいと思った。

第一章

　時刻は深夜一時。自室の布団で寝ていた楪は急に使用人の美枝《みえ》に叩《たた》き起こされ、混乱しているところを引きずられるように連れてこられた。居間には両親が待っていた。

　ただ事ではないなと危機感を募らせながら両親の前に正座した楪に父親が言った。

「お前の結婚相手を見繕ってきた」

「け、結婚ですか？」

　父はいつもの不機嫌な顔のまま頷《うなず》く。

　結婚という単語に、楪はただただ困惑した。確かに先日誕生日を迎えて十八歳になったが、結婚の予定などない。

「あなたと結婚してもいいと言ってくださる人が現れたのよ。こんな素敵なことってないわ」

　母親は上機嫌で相手がどれだけ素晴らしいかを語り誉め称えているが、そんなことを聞いている余裕は楪にはなかった。

「あの、私まだ学生ですが」

「そんなの関係ないわ。あなたはもう結婚できる年齢でしょ。それにいつお相手の気が変わるかわからないんだから、今のうちに結婚しておかないと」

「でも――」

　反論しようとした楪の声を低い父親の声が遮る。

「お前のような能力もない、おまけに傷がある人間を娶《めと》ってやると言ってくださっているんだ。その好意を無下にする気か？」

父の視線が額に向けられ、傷痕がある額を反射的に押さえた。眉の上がぽこりと膨らんでいて鏡で見ると白い線状の傷痕がくっきりと残っている。

背中の傷は予想していたよりもひどく、木で切ったのか右側の肩甲骨から背中の中央にかけて傷痕が残っている。背中の傷は普段人目に触れることはないし、額の傷は前髪で隠しているので生活する上で目立たないのは不幸中の幸いだった。

しかし、結婚するのなら相手に傷を見せなければいけない。

両親に受け入れてくれる人などいないと言われ続けた楪は、傷が消えないとわかった時に結婚は諦めた。

「わ、私は、結婚なんて」

断ろうと首を振った時、父親が楪の髪の毛を掴んで顔を無理やり上げさせた。

「まさか断る気か？　断れる立場にいると思っているのか？」

有無を言わさない口調と厳しい目つきで睨《にら》まれ、びくりと肩が跳ねる。

責めるような目で見られると、まるで自分が悪いような気分になり楪は口を閉じた。

途端に父親の口はぺらぺらとよく回り出し、両親の世界には楪がいないように話が進んでいく。

「向こうは椎名《しいな》の本家筋で、あやかしの血筋ではないが地位は高い御仁だ。今は確か四十代だったか。まあ、年齢など些細《ささい》なものだろう」

「よん……」

「文句はないだろう？」

文句しかないが、口に出すと下手をすれば拳が飛んでくるので黙って頷くしか選択肢がなかった。

話は終わりだと手が離される。引っ張られていた頭皮の痛みからこぼれそうになる涙をこらえながら楪が立ち上がれば、ふたりは上機嫌に話をし始めた。

「これで姫花と龍ヶ崎《りゅうがさき》家の次期当主との縁談が進められるわね」

「向こうは二十歳だったか？　まだ花嫁を見つけていないらしいからな。早めに売り込めば姫花以上に適任の娘はいないだろう」

その声を聞きながら楪は自室へと帰った。

殺風景な部屋は家主が帰還しても寂しげな雰囲気を崩すことがなかった。よろよろと覚束ない足取りで布団まで行くと、その上に倒れ込む。さっきまで寝ていたのに薄っぺらい布団はもう冷たくなっていた。

「結婚かぁ」

ぼんやりと天井を見上げながら呟《つぶや》くと、憂鬱な気分がさらに沈む。

「したいわけないでしょうが」

ぼそりと呟く。感情を抑えていないと喚き散らしそうなので枕で口を押さえた。

まだ学生なのに結婚。しかも相手は四十代の見ず知らずのおじさん。誰が望んで結婚したいだろうか。

親に散々傷ものと言われ、結婚の希望などなくなっていた楪は一生独り身でいるつもりだったのだ。それがなぜか結婚させられる羽目になってしまった。

両親の楪への関心は幼少期から薄かった。なぜなら、楪に〝才能〟がなかったからだ。

現代は妖魔と呼ばれる存在が人々の生活を脅かしていた。そして、それを祓う力がある人間が少数ながら存在している。

楪の家、椎名家も昔から祓い屋として活動していた。

椎名家は妖魔を封印する結界術に長けており、昔は一目置かれる存在だったようだが、時代が移り変わり術者の能力が陰りを見せ始めたせいで昔の名声は消えた。

楪は特に結界術が苦手で、ほとんど使えない。代わりに治癒能力があるが、それでは椎名家で認めてもらえない。妖魔を倒せないからだ。

『治すばかりの能なし』と言ったのは父親だった。

能力は努力で補うこともできるが、楪には努力で補える才能自体がなかった。それに対して妹の姫花は結界術だけではなく、妖魔を祓うための呪符の作成や式神使いなど多種多様な才能に恵まれ、生まれた時から皆に大切にされていた。

姉妹で扱いに差はあったが、ひどい扱いを受けてはいなかった。

森で妖魔に襲われた、あの時までは――。

気絶した姫花を背負って帰ってきた楪に両親は血相を変え、すぐに専門医を呼び姫花を見てもらった。結果、男の子の予想通り身体的な損傷はなく、その内起きるだろうと判断された。その診断が下されるまで、楪は姫花を危険に晒したことを父親に怒鳴られ、家に入れてもらえなかった。

姫花がひと安心だとわかると、医者は額から血を流してうずくまっている楪を置いて帰っていった。

以来、椎名家の宝を危険に晒した楪の扱いはひどいものになった。

話しかけられることはなく、父親が不機嫌な時は憂さ晴らしに殴られた。顔に傷ができると世間体が悪いからと腹を蹴られ、時には気絶するまで足蹴にされた。母はそれを笑って見ていた。

食事は与えられていたが、使用人のさじ加減で残飯のような食事の日もある。

医者に診てもらえなかったせいで傷痕が残った。それを見て父親は『治癒能力があるくせに』と楪を軽蔑した目で見て、母親は『傷ものじゃ結婚できないわね』とため息をついた。

結婚は女の幸せという古い考えにとらわれているらしい母親は、傷ものをもらってくれるのなら相手がどんな人間でもいいのだろう。

楪の考えなんてどうでもいいのだ。ただ厄介払いできて幸せくらいに思っているのかもしれない。

それにしても、まさか大切にしている姫花にも縁談を持ちかけようとしているとは予想外だった。

部屋を出る時に両親がしていた話を思い出す。

龍ヶ崎家の次期当主との縁談が進められているらしい。

龍ヶ崎家といえば、祓い屋分野に詳しくない楪でも知っている。

現代には人とは違う存在、あやかしの血が混じった人間が一定数存在している。その中で龍ヶ崎家とは『龍神《りゅうじん》』と言われる特別な力を持った混血の種族で、人よりも神に近い存在だと聞いたことがある。彼らの姿は人と変わらないが、美しい容姿を持ち、強い力で妖魔を祓っているらしい。

その龍ヶ崎家との縁談が実れば、椎名家は祓い屋界隈《かいわい》で凄まじい力を持つことになる。両親の狙いはそれだ。力を持つためならば姫花の意思さえ無視するのだろうか。

姫花が婚姻に前向きだったなら楪に反対する意思はない。というか反対したところで楪の主張など通らない。

楪は鬱々とした気分になりながら、目を閉じた。


翌日、両親と顔を合わせたくなかったのでなにも食べずに家を出ようとしたのだが、廊下で母親に捕まり、共に朝食を取る羽目になった。

その前に顔を洗わせてほしいとお願いし、洗面所へ駆け込む。

鏡に映った自分の顔はひどく不安げだ。昨日ろくに眠っていないせいで隈《くま》が目立ち顔色が悪い。

顔を洗い、背中まである黒髪を適当に梳《と》かす。前髪は傷を隠すために念入りに整える。

「おはようございます、楪さん」

背後からかけられた声に体がびくつく。

鏡越しに使用人の美枝と目が合った。反射的に楪は顔をしかめる。

三十代半ばの美枝は丸い顔に笑みを浮かべて手を叩いた。

「ご結婚おめでとうございます。よかったですねえ、もらい手が見つかって。四十代でしたか？　私よりも歳上じゃないですか」

美枝は心底愉快だと言わんばかりに声をあげる。

「私ならそんなおじさん耐えられません。でも、きっと楪さんならやっていけますよ。ああ、おじさんに気に入られないといけませんから、きちんとした食事を用意して差し上げました。いいこと尽くめですね」

楪がなんの反応も示さないと顔をしかめて、足を蹴ってきた。

「傷ものにはお似合いね」

そう吐き捨てると美枝は洗面所から出ていった。

使用人なのに美枝の立場は楪よりもずっと上だ。事件の後から美枝が楪にどんな態度を取ろうとも両親が注意しないため、扱いのひどさに拍車がかかっていった。楪のことが心底嫌いらしく、不幸なのが嬉《うれ》しくてたまらないのだろう。

楪はため息をつくと最悪な気分で朝食が用意してある部屋へ向かう。

父親が上機嫌な様子で座っていた。母親がその隣に座り、楪が父親の前に腰を下ろした途端、父親が口を開いた。

「お前の結婚の件だが、今週の土曜に先方がこちらへ来てくださることになった」

「こ、今週の土曜日、ですか」

視線を部屋のカレンダーに向ける。今日は木曜なので、あと二日しかない。

「顔を合わせるだけですか？」

「ああ、向こうがお前の顔を見たいと言っているんだ」

顔を合わせるだけならば問題ない。その時になにか粗相でもして縁談がなくなってしまえばいい。

考えが顔に出たのか、父親の表情が険しくなった。

「あちらがお前を気に入れば、そのまま嫁入りになる。絶対に粗相はするな。粗相をすればお前を勘当する」

「えっ」

「なにを驚いている？　当たり前だろう。この縁談はお前にとって最後に与えられたチャンスだ。失敗したならば用済みになって当然だ」

「でも、粗相をしなくても、向こうが私の顔を気に入らない可能性もありますよね。その時は――」

父親が大きくため息をつく。

「言っただろう？　これは最後のチャンスだと。才能もなくなにも貢献できないお前をこれ以上、家に置いておくことはできない。今まで置いてやっていた恩をその身で返せ」

つまり、縁談がうまくいけばそのまま四十代の男に嫁ぎ、破談になれば粗相をしなかったとしても家を追い出される。どちらにしてもこの家にいられるのは土曜日までらしい。

家を出たところで、持ち金などほとんどない高校生の楪がひとりで生活するなど到底できるわけがない。結婚するしか道はないのだ。

「あの、学校は……」

「それはあちらが決めることだ。高校くらいは卒業している嫁がいいと言えば通えるだろう。まあ、通っていても仕方がないと辞めさせられる可能性が高いから準備はしておけ」

絶望的な気持ちになり、朝食を前にしても食欲が湧かず食べられそうになかった。

その時、襖《ふすま》が開き、眠そうな顔をした姫花が顔を出した。

「あら、おはよう姫花」

「おはよう、皆。おまたせ」

ふわふわした髪に可愛らしい顔はいつ見ても愛らしく、名前のごとくまるでお姫様のようだ。艶のない黒髪で覇気のない顔の楪とは違い、姫花の顔はいつもぴかぴかと輝いている。

楪の隣に腰を下ろした姫花は楪の顔を見て、驚いた様子で目を見開いた。

「あれ、ゆずちゃん、どうしたの。顔色悪いよ」

「なんでもないのよ。ちょっと寝不足らしいわ」

姫花に答えたのは母親だった。両親は姫花と楪が話すのを嫌がり、よくふたりの会話に入り込んで妨害する。

どうやら話をしたら姫花に悪影響があると思い込んでいるらしい。

「そうなの？」

「うん、大丈夫。なんでもないよ」

両親の鋭い視線を受けながら頷くと、視線を逸らして手を合わせた。

両親と姫花がゆっくりと食事する中、楪は無理やりご飯を詰め込む。すぐにでも家を出たかった。

食べ終わるなり早々に立ち上がろうとした楪を止めたのは母親の言葉だった。

「姫花、あのね、実はお姉ちゃんの結婚が決まったのよ」

「えっ」

姫花が箸を落とした。

「ゆ、ゆずちゃん、好きな人いたの？　知らなかった！」

「好きな人というか」

「いつから付き合ってたの？　なんで私に言ってくれなかったの？」

「ええっとー……」

本当のことを言えるような空気ではなくなってしまった。どうしたものか、と悩んでいると父親がこほんと咳払《せきばら》いをした。

「それで、いい機会だから姫花にも縁談を持ってきたんだ。まだ正式に決定したわけではないが、相手は龍ヶ崎家の次期当主だ」

「え、結婚って、私まだそんな年齢じゃないよ」

姫花が口元を引きつらせながら言った。

「すぐに結婚するわけじゃない。結婚できる年齢に達するまでは婚約という形になるかな」

「私、龍ヶ崎さんのことよく知らないし」

「知らなくても結婚はできる。あの家との繋がりができれば椎名家は安泰だ。お前の才能を見れば龍ヶ崎家は必ずお前を娶るだろう。わかるな、姫花」

父親の言葉には拒否権がなかった。

姫花は顔を強張らせながら、膝に置かれた楪の手を握ってきた。

楪よりも小さな手に縋《すが》るように握られ、どうにか不安を和らげようと手を握り返す。

姫花を守ろうと決めたのに、ちっとも守れやしない。こんなことしかしてあげられないのが悔しくてたまらなかった。

「ゆずちゃん」

朝食を食べ終え学校へ行こうと家を出た直後に、姫花に呼び止められた。

棣は徒歩で通学しているが、姫花はいつも車で通学しているのでまだ家を出る時間ではないはずだ。振り返ると、姫花はまだ制服に着替えてすらいなかった。急いで出てきたのか靴もきちんと履いていない。

「どうしたの？」

「朝の話、本当？　結婚するって。あれって、好きな人と？　それともお父さんたちが勝手に選んだ人？」

龍ヶ崎との縁談が突然舞い込んできた話を聞き、棣の結婚話にも疑問を持ったらしい。

「ゆずちゃんが幸せならいいんだ。私は龍ヶ崎さんってどんな人かわからないけど、祓い屋の頂点みたいな人たちだからきっと悪い人ではないはず。だからやっていけると思うんだけど、ゆずちゃんは？　ゆずちゃんは誰と結婚するの？」

そう聞かれて初めて相手の名前を知らないことに気がついた。

「えっと……」

「あのね、ゆずちゃんが結婚したくないのならしなくてもいいんだよ。龍ヶ崎家の人にお願いしてゆずちゃんも一緒に住まわせてもらうから、そしたら結婚なんてしなくていいよね」

姫花は棣の手を握り、真剣な表情で見つめてくる。しかし、それは現実的ではない。

姉が一緒に嫁いでくるなんて話聞いたこともない。そんな条件をつけたせいで姫花の結婚に問題が発生すれば、棋どころか姫花も父親になにをされるかわからない。

「姫花、私のこと考えてくれてありがとう。でも、大丈夫。私も結婚生活はうまくいくと思うんだ。だって私がいいって選んでくれた人だから」

そっと姫花の手を離して、笑いかける。

きっと全部うまくいくよ、となんの保証もない言葉を吐き出し、棋はひとりで学校へ向かった。

棋が通う『逢魔学園《おうまがくえん》』は、妖魔を祓う術者を育成するための高校だ。一般的な高校で習う数学や現代文等の授業の他に妖魔に関する授業が組み込まれている。

術者の家系の子供は大抵この逢魔学園に通い、三年かけて妖魔を祓うための呪符や呪物の扱い、封印や護身のための結界術を学び術者としての能力を上げる。

試験に受かれば術者の管理をしている協会に入ることになり、能力値に応じて仕事を割り振られる。

試験は毎年行われ、学生のうちでも受けることはできる。しかし試験内容がかなり難しいので学生が受かるのは稀《まれ》だ。

棋の両親は昔は最前線で戦っていたらしいが、戦うところを見たことがないので本当のところはわからない。

楪も姫花も才能の有無とは関係なく生まれた時から逢魔学園に通うことが決まっていた。

高校三年生の楪は一階にある教室へ向かうと、自席に着くなり頭を抱えて顔を伏せた。

「かっこつけすぎた」

姫花には大丈夫なんて笑ってみせたが、まったく大丈夫ではない。このままでは知らないおじさんと結婚させられるか、家を追い出されるかの二択だ。

「どうすればいいかな。桃ちゃん」

「どうすればって、あんたね。なんでそんな近々《きんきん》で相談するのよ」

楪の前の席に座って頬杖《ほおづえ》をつくのは友人の松風桃《まつかぜもも》だ。綺麗な黒髪にクールな表情が美しい才色兼備な少女は、楪が事情を話すと大きくため息をついた。

「私だって昨日の深夜に知ったばっかりだからだよ」

「四十代で十代の子を娶ろうとしている時点でやばいわよ、そいつ。あんたが幸せになれるとは思えないけど」

「それは、まあ、うん。どうとでもなるよ。正直結婚する気は一ミリもないから。問題は家を出た後どうするかだよ」

家を出て働くのはたやすいことではない。バイトで食いつなぐしかないが、この近辺の店では楪の顔は割れてしまっている。

両親が楪を放っておいてくれるとは思えない。結婚予定の相手はそれなりの地位の人間らしいので、もし圧力をかけられたらどこにも行けないだろう。

妖魔討伐で生計を立てている人もいるが、それこそ圧力がかかって仕事などできるはずもない。

「もしかしたら明日で桃ちゃんともお別れかも」

「そう。ひとり卒業式しなきゃね」

「もっと残念がってよ」

「残念がってるわよ。なにかあったら家で面倒見てあげるから、すぐに来なさいよ。あと相談も迅速に」

「はい」

クールに見えるが、桃は優しく友人思いだ。残念がっているという言葉も面倒を見てくれるという言葉も嘘《うそ》ではないだろう。

「まあ、楪に関してはなんとかなれって感じだけど、妹の方はどうなの」

桃が身を乗り出し、他の人に聞こえないように小声で話す。

「龍ヶ崎家ってあの龍ヶ崎でしょ？　本当に嫁ぐつもりなの？」

「両親はそのつもりだったよ」

「まあ、妹ぐらい顔がよくて実力も兼ね備えていたら目に留まるか」

姫花は妖魔対策に特化した逢魔学園での成績も優秀で、学力、実技共に学年一位の成績を収めている。対して楪は学力は低くないが、術を使ってのテストの点は学年で最後から数えた方が早いくらい悪い。術に関しては治癒しかできないので、もうどうすることもできないと諦めている。

桃の言う通り、姫花くらい才能があれば龍ヶ崎の家からお呼びがかかっても不思議ではない。

「桃ちゃんは龍ヶ崎の次期当主がどんな人か知っている？」

桃の家も祓い屋界隈ではそこそこの地位にあるので詳しいかと思ったが、桃は首を振った。

「全然。顔は見たことあるけど、遠すぎて覚えていないよ。私クラスの家柄じゃお近づきになんてなれないし、そんなに興味もないからなあ。気になるんなら藤沢《ふじさわ》に聞いてみればいいじゃない。あの子なら知っているでしょ」

「藤沢さん？」

首を傾げた時、横から声がした。

「私がなに？」

声の方へ視線を向けると、藤沢美月《みつき》が腕を組みながら椛たちを見下ろしていた。吊《つ》り上がった目元が印象的な美人だが、気が強く、触ると噛みつかれそうな鋭さがある。

藤沢家は名家で、妖魔討伐の最前線で活躍している人を多く輩出している。確かに彼女なら竜ケ崎のことを知っていそうだ。

「えっと、今ちょうど龍ヶ崎のことを話していて」

「はあ？　なんであんたが龍ヶ崎家のことを？　接点ないでしょ、一生」

藤沢の言う通り、椛自身は接点を持つことはないだろう。

「接点がなくてもあの龍ヶ崎家のことなら誰でも気になるわよ。だから婚約者候補のあんたにどんな人か聞きたいんだけど」

桃が反論する。

「婚約者候補？」

聞き慣れない単語に椛が首を傾げる。

「そう。龍ヶ崎家の次期当主が結婚できる年齢になった途端結婚の申し込みが後を絶たないんだって。自称婚約者候補の人間が大勢いるのよ。名家の人間に特に多くて、藤沢もその自称婚約者のひとりって聞いたんだけど」

桃の言葉に藤沢はぎゅっと顔をしかめて椛たちを睨んだ。

「それがなに？　美月が候補に挙がるのは当然のことでしょ？」

そう言ったのは藤沢の友人のひとりだった。

「そうよ、万年ビリの椎名とは違って美月は綺麗だし成績も優秀だから龍ヶ崎家に認められるに決まってているでしょ」

藤沢の友人たちが口々に楪に向かって毒を吐く。

藤沢含めた何人かの友人はなぜか楪を目の敵にしている。なにかをした覚えはないので、単純に成績の悪い楪が苛つくのかもしれない。ちなみに下から数えた方が早いだけでビリではないのだが。

龍ヶ崎家の自称婚約者候補がたくさんいるのなら姫花も同じ立場なのだろう。そんなたくさん人がいる中で姫花が選ばれる確率はどれくらいなのか。

「それで、藤沢は龍ヶ崎様に会ったことがあるの？」

桃の質問に藤沢は得意げに答える。

「あるわ。とにかく美しい人だった。人知を超えた美しさって、あの人のためにある言葉だと思う。あんなに美しい人を見たのは初めてだったから忘れられない」

藤沢は思い出に耽《ふけ》るように遠くを見つめた。その目はとろりと溶け、頬が赤く染まっている。

「だから絶対に私が結婚する。あの人に嫁ぐのは私。誰にも譲らない」

強い意思を持った目が楪を睨む。

「あんたの妹だろうが負けないから」

藤沢の宣言に聞き耳を立てていたらしい教室にいるクラスメイトに激震が走った。

「え、姫花ちゃんが候補になっているの？」

「うそだろ、俺の姫花ちゃんが」

「あんたのじゃないわよ。でも確かに姫花ちゃんなら龍ヶ崎家に気に入られる可能性高そう」

「ていうことは、姫花ちゃんと美月の一騎打ち？」

「いや、他の名家も……」

一気に騒がしくなったクラスメイトたちの間で噂《うわさ》が飛び交う。

噂になっている家の中には楪でも知っているような名家もあった。そんな名家でも龍ヶ崎の家に嫁ぎたいと思うほど龍ヶ崎の力は絶大だ。この学校で上位の実力がある姫花の名前が挙がるのは必然だった。

噂話は担任が教室に入ってくるまで続いた。

午前の授業を終え、昼食を取った後に待っていたのは実技の授業だ。

授業内容は日によって異なり、仮想妖魔と戦ったり、クラスメイトたちで手合わせをしたり、実際に弱い妖魔と戦ったりする。楪はどれも苦手だ。

今日はクラスメイトとの手合わせだったのだが、不幸なことに相手は藤沢だった。どうやら本当に嫌われているらしく手加減のない攻撃に、担当の教師から「そこまで」という声がかかる頃にはぼろぼろになっていた。

手合わせの授業はクラス全員に見られながら行われるので特に憂鬱だった。術が使えない楪への評価が上がらないのは当然で、藤沢の友人に笑いものにされるのが恒例になっている。

笑いたければ笑えばいいと無視をしているが、疲れはする。授業が終わった途端、その場にしゃがみ込んだ。

「もう一歩も歩きたくない……」

「あんた顔ひどいよ、洗ってきなよ」

桃の心配そうな声に頷く。

「はい……」

よろよろと重い体を引きずりながら校舎裏にある水道に向かう。校舎裏は人の気配がなく、しんとしている。

水道で顔を洗うと多少すっきりした。次の授業も引き続き実技なので、始まるまで少し休もうと木陰の方を目指す。

校舎裏の大きな木の下には誰が設置したのかわからないベンチがある。そこで時間になるまで寝ていようと思っていたのだが、ベンチのそばで足を止めた。

ベンチには先客がいた。

艶のある黒髪に目を閉じていても整っているとわかる顔立ちの男。制服ではなくきっちりした和装だ。恐らく術者だろう。羽織には見たことがない龍の家紋が入っている。

逢魔学園は怪我をした術者の受け入れも行っているので、外部からの人の出入りが多い。

男もどこか怪我をしているのかもしれない、と視線を向けると、体の上に乗っかる男の右手が目に入った。右手の甲に真新しい傷ができている。血は出ていない浅い傷だが、放っておくと痕が残るかもしれないとそっと近づく。

「失礼しますよ」

不審者ではありません、と寝ている男に呟きながらその手にそっと触れる。

ふっと息を吐き出すと触れている男の右手が温かい光に包まれ、手を離すと傷はすっかりなくなっていた。

「余計なお世話かもしれないけど、治ってよかった」

これぐらいしか自分の取り柄はないと自嘲気味の笑みがこぼれる。

先客がいるのなら別の場所へ行こうと今度こそ足を引いた。その時。

唐突に長く美しい睫毛《まつげ》が震える。

ゆっくりと瞼《まぶた》が開くと、奥から出てきたのは宝石を閉じ込めたような薄紫色の目だった。目を閉じていても綺麗だったが、目を開けると人間離れした美しさだ。歳は楪よりも少し上だろうか。

まさに美の暴力。目の前がちかちかしている気がして数回瞬きを繰り返す。

美の化身がゆっくり楪を見て、目を細めた。

「誰だ」

剣呑《けんのん》な響きを持っていて明らかに警戒されているのに、楪は、うわ、声までいいなと呑気《のんき》に考えていた。

「えっと、眠っている中すみません。私はここの生徒でして、少し休みに来たらあなたが寝ていたので……」

どぎまぎしながら話すと、男は「生徒？」と不思議そうにしながら辺りを見渡した。

「ああ、そうか。確か学校に来ていたんだったな。場所を取ってしまって悪かった」

「私の席というわけではないので、気にしないでください」

顔の目の前で手を振ると、男はなぜかじっと楪の顔を見つめた。

「あの、なにか？」

「いや。どこかで会ったことがあるか？」

男の質問に首を傾げる。

「私は覚えがないので、初対面かと思います。こういう顔の人間は割といますし」

目の前の男ぐらい美しい容姿の人間と会っていたなら忘れることはないだろうから、きっと思い違いだ。それなのに男はなかなか納得しなかった。

「……君、名前は」

得体の知れない人間に名乗ることはできないと断ろうとした楪の耳に、休憩終了のチャイムの音が届いた。その瞬間、はっとした。

「まずい。戻らないと。すみません、さようなら」

成績が散々な上に授業態度も悪いとなると目も当てられないと足早に戻る。背後から楪を引き留める声がかかったが、「すみません」と謝ってそのまま校庭に戻った。

◇◇◇

「十和《とわ》様、ここにおられたのですね」

男がベンチに座って女がいなくなった方を見つめていると、背の高いスーツ姿の男が隣に立った。

「季龍《きりゅう》か。話は終わったのか？」

「ええ。どうやら花嫁候補を名乗っている人間がいるというのは本当らしいですよ。学園長と話をしましたが、『ぜひうちから花嫁を』なんて言われてしまいました」

季龍は呆《あき》れた様子でため息をつく。

よほどしつこかったのか、いつも穏やかな顔に珍しく苛立ちが浮かんでいる。

「当主になる人間は花嫁がいるべき、などという古い考えはさっさと捨てたほうがいいな」

十和と呼ばれた男は立ち上がると、ひとつ欠伸《あくび》をこぼした。

「眠っていたんですか？」

「ああ、少し休んでいた」

「昨日の深夜から立て続けに任務をこなしておられましたからね。疲れて当然です。家に帰るまではお休みください」

帰ればまた任務が舞い込んでくるのだろう。この学園から家まではそう離れていないので、休めても三十分ぐらいか。いつもなら不満だが、今は別段疲れを感じていなかった。少し寝たおかげか、かなり体の調子がいい。

「さて、用事が済んだなら帰るぞ。そもそも俺はここに来る必要はなかったな」

「候補者を名乗っている人間を見なくてもいいんですか？」

「いい。そんなことをすれば本当に花嫁候補になれるかもしれないと余計な期待をするだろう」

帰ろうと足を進めた時、季龍が十和の手を見てから驚いたように目を見開いた。

「あれ、十和様。手の傷は治ったのですか？」

深夜から朝にかけて行われた妖魔の討伐で十和は手の甲に軽い傷を負っていた。擦り傷程度のものだったのでろくに治療もせずに放置していた。

「いや、触っていないが……」

十和は自身の手の甲に傷がないことに気がつき、驚いた。

左手と勘違いしているのかもしれないと思ったが、どちらの手の甲にも傷はない。

「傷が消えている……」

「誰かが治癒したということでしょうか」

十和の頭の中に浮かんだのは去っていく後ろ姿だった。彼女が傷を治したのだろうか。

「季龍。調べてほしいことがある」

薄紫色の目が、見えなくなった彼女の後を追うように校庭へ向けられた。

◇◇◇

「ひどい目に遭った」

椋は学校からの帰り道、重い体を引きずりながらひとりごちた。

クラスメイトとの組み手の後は弱い妖魔と戦う授業が行われたのだが、その結果も散々だった。

弱いと言っても妖魔は妖魔。藤沢との組み手でよろよろだった椋には強敵である。時間がかかったけれど支給されている魔封じの札でなんとか妖魔を倒すことには成功した。しかし体は傷だらけになっていた。

実技で負った傷は保健室で治療してもらったが、打ち身などは治りが遅いようでまだ痛みが残っている。特に右手の打撲は青痣《あおあざ》になって熱を持っている。

妖魔学園に入学して三年になるが、一向に強くなれる気がしない。妖魔討伐に特化した術はいくつかあり、学園内では札などを扱うのが得意な者、結界術を用いて祓う者、霊力を込めた刀などを使う者が多い。椋のように治癒能力しか使えない人間などほとんどいない。

「強くなるって決めたのにな」

幼い頃、妖魔に襲われた時に強くなりたいと思ったのだが、その目標は未だに達成できていない。むしろ今は姫花の方が強いので姉の立場などない。

「治癒じゃなくて武力特化だったらもっと違っていたかな」

今頃、結婚で悩むこともなかっただろう。

実技で頭がいっぱいで忘れていたが、楪の未来の夫が家に来るまでにあと一日しか残されていない。嫁ぐことになっても縁談が破談になっても学校は辞めさせられるだろうから、学校に通うのは明日で最後だ。

優しい桃に泣きつけば無理をしてでも楪を助けようとしてくれるだろうから、甘えすぎるのはよくないな。最後は笑ってお別れしたい。

家が見えた途端、楪の足は止まった。

帰りたくないと思ったことはこれまでもあったが、ここまで強烈に拒絶感を抱いたのは初めてだった。

実技で疲れているから早くお風呂に入って寝てしまいたいのに足が一歩も先に進みそうになく、楪は気がついたら来た道を引き返していた。

楪がやってきたのは家の近くにある公園だった。日が暮れ始めているからもう遊んでいる子供はいない。人気《ひとけ》のない公園のベンチに座り、大きく息を吐き出しながら力を抜く。

「結婚かぁ」

自分には縁のないものだと思っていた。

額の傷は大きく、前髪で隠していないと目立ってしまう。それを見るたびに、両親が傷を目にした時の反応を思い出す。傷があるだけですべてが台なしになったような気分だった。

ただ、五年前に亡くなった祖母は額の傷を見ても優しく微笑み、労わるように撫でてくれた。そして『この傷ごと愛して傷痕にキスをしてくれる人はきっと現れるわ』と言ってくれたが、そんな人いるだろうか。

四十代だからと決めつけるのは相手に失礼かもしれない、と言い聞かせながらも本音が口から飛び出した。

「嫌だなあ」

「なにがだ？」

「なにってけ、こん、が」

あれ、公園には誰もいないはずでは。独り言に返答があったことに驚き、辺りを見渡してようやく、隣に立つ男の存在に気がついた。

「えっ！」

その男は、昼間にベンチで会った顔の綺麗な人だった。

「こんばんは」

なぜここに？と困惑していると軽く会釈をされ、慌てて頭を下げる。

「こ、こんばんは！　昼間はどうも、え、なんでここに？」

「少し話がしたくて、座ってもいいか？」

「どうぞ、どうぞ」

腰を上げて横にずれると男が楪の隣に腰を下ろした。

「昼間はどうもありがとう。手の傷、治してくれたんだよな？」

男は傷のあった手の甲を撫でた。

「余計なお世話かと思ったんですけど、つい」

「へえ、やはりそうか」

傷のなくなった手の甲に視線を落としていた楪は、上から聞こえてきた男の低い声に驚き顔を上げる。すると、男の顔がすぐ目の前に迫っていた。

「えっ！　近い！　ど、な、なんですか」

「俺は特殊な体質で治癒が効き難いんだ。今まで何人も俺の体を治そうとしたが誰も傷を治せなかった。それなのになぜ君は治せたんだ。能力値が恐ろしく高いか、それとも相性がずば抜けていいのか……」

男がなにやら言っているが、あまりの近さに耐えきれなくなり男を押し退けて立ち上がる。

「び、美の暴力……ここまで近いと攻撃力が高すぎる」

「なにを言っている？　それで、どうなんだ？」

「え、なにがですか？」

肝心なことを聞いていなかったらしい。聞き返すと、もう一度座るように促され、男の隣に今度は間を空けて座る。

「俺の専属治療員になってほしい」

「……え？」

驚く楪の手を男は握りしめ、懇願するようにじっと目を見つめてくる。さっきよりかは遠くなったが至近距離には変わりなく、紫色の目を見つめているとなんだかくらくらしてきた。

「専門治療員とはなんですか？」

「言葉のままだ。俺が傷を負ったら治してほしい。俺の傷を治せるのは今のところ君だけなんだ。もちろん学生のうちは学校に通ってもらってかまわないし、働きに応じてきちんと給料は払う。割のいいバイトだと思ってくれ」

頼む、と手を握られた。その力強さから男がどれだけ困っているのかが窺《うかが》えた。

治癒が効かないのなら傷は病院の治療に頼るしかない。普通の生活ならば問題ないが、妖魔と戦う身からすれば命取りになりかねない。楪が授業で戦った弱い妖魔でも攻撃されれば傷が残る。

男は逢魔学園にいたことから間違いなく祓い屋だろう。身なりのよさから考えてまず間違いなく名家の出だ。妖魔討伐の最前線で活躍している人に違いない。

強い妖魔と戦えば、傷も多くなる。男の懇願は至極真っ当で思わず頷きそうになったが、あることを思い出して首を横に振った。

「そう言ってもらえるのはすごくありがたいんですが、すみません」

「なぜだ？　悪くない話だろう」

「私、結婚するんです」

「はあ？」

男は心底驚いた様子で目を見開き、すぐに顔をしかめた。

「結婚するにしては若すぎるだろう。それに万が一結婚しても働くことはできるはずだが」

「そう、なんですけど……」

普通の結婚ならば働けただろうが、楪の場合は政略結婚だ。しかも相手がどんな人間なのかまったく知らない。働けたらいいが、働けない可能性も高い。

そこまで考えて、はたと気がついた。

結婚がうまくいかなかった時は路頭に迷うと悩んでいたが、彼を頼ればいいのではないか。男の提案を受け入れ働かせてもらえれば、ひとりでも生活ができる。

もしかしたら学校を辞めなくてもよくなるかもしれない。

希望が見えてきて、楪は真剣な表情で男に向き合った。

「あの、結婚が破談になったらお願いしてもいいですか？　破談にするんで」

破談という不穏な単語に男の表情が訝《いぶか》しげなものになった。

「その結婚、同意か？」

「うっ」

「なにか事情があるのなら話してほしい。力になれるかもしれない」

少し躊躇った後、意を決して両親に言われ結婚することになった経緯を説明した。

男は両親の楪への態度に顔をしかめ不快感を露わにした。オブラートに包んだつもりだったが、苛烈な暴力が透けて見えたようだ。

日常的に受けてきた暴行のせいで、楪の痛みを感じる器官は麻痺《まひ》してしまっている。

「なるほどな。政略結婚で四十代の男と結婚させられるか、縁談が破談になり家を追い出されるかの二択だから、追い出された場合の援助が必要だと」

「そうです。都合がいい話かもしれませんが、結婚は破談にしますのでどうか雇ってもらえませんか」

お願いします、と頭を下げると男はなにやら考え込むように顎を撫でた。

「難しい話でしょうか？」

「いや、まったく問題ない。だが、その相手が君を気に入る可能性は十二分にある」

「それはないですよ」

自分に魅力があるとは思えない。楪は俯《うつむ》き気味に首を振る。

「ゼロとは言い切れないだろう。それを完全に阻止する方法がある。絶対に破談になる方法が」

「なんですか？」

男がふっと蠱惑的《こわくてき》な笑みを浮かべ、楪の右手を取った。そしてそのまま口元へ持っていき、軽く口をつける。ちゅっと小さく音を鳴らし、離れた後。

「俺と結婚すればいい」と言った。

「え？」

幻聴かと思ったが、男は真面目な顔で続ける。

「その男が見定めに来る前に俺と結婚しておけば絶対に破談になる。家を追い出されたら俺の家に来ればいいだけだ。君は面識のないおっさんと結婚しなくてよくなり、俺は治癒ができる人間をそばにおける。両者得しかない」

「た、確かに、そうですけど」

男の言う通り話に乗れば結婚しなくてよくなる。それはあまりにも魅力的だ。

結婚する相手が別の人間に代わるだけな気もするが、男の綺麗な顔を見ているとどうでもよくなる。

「なにか不満か？」

不満もなにも、できれば学生のうちに結婚などしたくないというのが本音だ。しかし現状そんなことを言っていられないのは理解している。

それでも引っかかりを覚えるのは、祖母の言葉があるからだ。

目の前の男は果たして傷ごと愛して傷痕にキスをしてくれる人だろうか。

いや、そもそも恋愛結婚をするわけではないので、傷痕にキスなどしてもらわなくてもいい。額の傷もだが、背中だって見せる機会なんてないはずだ。

「なにも今すぐ結婚するわけじゃない。婚約期間にすればいい。それに、本気で結婚することはない」

男は安心させるような柔らかい笑みを浮かべた。

「どういうことですか？」

「さっきも言ったが、この関係は両者共に得がある。だから契約結婚とすればいい。本気で好きな相手が現れたら契約を破棄して別れればいいだけだ。ただし治癒員としてはそばにいてもらうが」

もし好きな相手が現れなかった場合はどうなるのか、などと疑問が浮かぶが、結婚を破談にしても生きていくには彼との契約に縋るしかないので疑問はすべて打ち消した。なるようにしかならないのだから、考えても仕方ない。

　椋は男の言葉に頷き、契約を受け入れた。

「それじゃあ、決まりだな、よろしく」

　男が差し出してきた手を躊躇《ためら》いがちに握る。

「よろしくお願いします」

「契約書は明日持ってくる。放課後、迎えに行く」

「はあ、ありがとうございます」

　急だなと思ったが、土曜日には政略結婚の相手が来てしまうので、それよりも早く話を済ませなければならない。

　明日のことを話しながら公園の入り口まで行くと、路肩に止まっている高級車が目についた。ドラマに出てくるようなぴかぴか光る黒塗りの車が物珍しく、思わずじっと見つめていると、男がそちらに歩き出した。

　車の隣に立った男に「家まで送ろう」と言われ、眩暈《めまい》を起こしそうになる。身なりからわかっていたが、やはり男はかなりの名家だ。今さらながら言葉遣いや礼儀が気になった。

「だ、大丈夫です。家までは、走っていけば三分かからないので」

　頭を下げると、男は無理強いはしなかった。慌てる椋に優しく微笑みかけると軽く片手を上げた。

いた。

「あ、はい。ありがとうございます」

家に向かって歩き出しそうになった時、男の名前を聞きそびれていることに気がついた。

「えっと、そういえばお名前を教えてもらってもいいですか？」

男はふっと笑みを浮かべた。

真顔でももちろん綺麗だが、優しい笑みはまるで花が綻ぶような美しさである。とくんと胸が高鳴なり、反射的に口を押さえる。

「ああ、名乗っていなかったな。俺は、龍ヶ崎十和だ。これからよろしく、楪」

おやすみ、と言うと男は車に乗り込んだ。

「おやすみなさい」

閉まった扉に声をかけると、車は発進した。

公園の入り口にひとり残された楪は、去っていく車を見ながら首を傾げた。

「りゅうがさきってどっかで聞いたな……りゅうがさき、ん？　龍ヶ崎？」

今日その名前を散々連呼されていたというのに咄嗟に思い出せなかったが、すぐに誰なのか気がついた。

「ああああ、龍ヶ崎って姫花の婚約者候補の家だ」

さっきの男、十和が次期当主だと決まったわけではないが、嫌な予感がひしひしと押し寄せ、背中を撫で始めていた。

「というか、さっき手にキスされた……？」

あの時は咄嗟に反応できなかったが、確かに手にキスをされた。その手を持ち上げてみると、おかしな点に気がついた。

「あれ、手の傷が消えてる」

実技の時に妖魔につけられた青痣が、綺麗さっぱり消えていた。

第二章

目覚ましの音を止め、ゆっくりと起き上がる。外では鳥が陽気にさえずり、輝かしい太陽の明かりが窓から入り込んでいるというのに、楪の顔色は悪かった。それもそのはず、一睡もしていないのだ。

龍ヶ崎との邂逅《かいこう》で混乱した頭は一向に落ち着かず、考え込んでいたらいつの間にか朝になっていた。

頭が重い。今さら眠気がやってきて瞼が落ちてくる。

このまま寝たら幸せだろうが、残念ながら今日も学校だ。放課後に十和と会う約束もあるので休むわけにはいかない。

そもそも両親は簡単に楪を休ませてはくれない。もしかしたらもう学校には行かなくてもいいなどと言って休ませてくれるかもしれないが、そうなれば今日は家から出られなくなるだろう。

ぞっとしながら重い体を起こした。ぐっと両腕を上げ伸びをすると、少しだけ体が軽くなった気がする。

今日こそすぐに家を出ようと決意して部屋を出た時、運悪く廊下を歩いていた母親に捕まってしまい、強制的に朝食の席へ着かされた。

洗面所で軽く身だしなみを整えて朝食が用意してある部屋へ行く。昨日と同じ席に着く楪を一瞥した父親が言った。

「なんだその顔は。そんな顔では相手にされないだろうが。明日はちゃんとしろ。ただでさえお前は美人ではないのだから最低限見れるようにしておけ」

「そうよ。隈がひどいわ。もしかして緊張して眠れなかったのかしら。そんなんじゃ駄目よ、しっかりしないと」

両親の話に適当に相槌《あいづち》を打っていると、姫花が部屋に入ってきた。顔色のひどい楪とは違い、艶のある肌はうっすら桃色に輝いている。眠たげに欠伸している様すら可愛らしく、鏡で見た楪の顔とは雲泥の差があり、ため息をつきそうになった。

「ゆずちゃん、どうかした？」

「なんでもないよ。姫花は今日も可愛いね」

「やった、ゆずちゃんに褒められちゃった。ふふ。……そういうゆずちゃんは顔色悪いね、眠れなかったの？」

「うん、まあ」

頷こうとした時、ふたりの会話に母親が割り込む。

「そうよ、明日はいよいよ結婚相手が来るからって緊張して眠れなかったみたい。姫花は緊張しても眠らないと駄目よ？　龍ヶ崎家に嫁ぐんだから身なりもきちんとしていないと」

「私の顔合わせはいつなの？」

姫花は少し憂鬱そうに聞いた。

「そうねぇ」

母親がちらりと父親の顔を窺う。すると父親は顔をしかめて首を振った。

「まだ龍ヶ崎家からいい返事がないんだ。まったく、実力のある姫花が嫁ぐと言っているのだから悩むことなどなにもないだろうに」

学校で聞いた話が本当なら自称婚約者候補は山ほどいるらしいので、花嫁の選定に悩むのは当然だろう。

両親の話など普段なら興味はないが、今日に限ってはじっと耳を澄ませていた。どうしても龍ヶ崎家の次期当主の名前が知りたかったのだ。

昨日出会ったあの男性は別れ際に龍ヶ崎十和と名乗った。あの身なりからして事実の可能性が高い。そうなると、彼が何者なのかが問題になってくる。もし次期当主ならば姫花の結婚の邪魔をしてしまう。それはできれば避けたい。

本当はさっさと名前を聞いてしまいたいが、口を挟むと怒りを買いそうなのでじっと聞き耳を立てる。

しかし残念ながら目当ての名前は出なかった。

話題が再び楪の結婚に移るのは避けたいので、食パンを口に頬張り立ち上がる。

ちょうどその時、バイクの音が聞こえてきた。玄関先で止まったその音に全員の視線がそちらを向いた。

「誰かしらこんな時間に」

玄関の方を覗《のぞ》いてみると玄関前に誰かが立っている気配がするが、インターホンが押される様子はない。不審者だろうかと思い始めた時に、かたんとポストが鳴った。

「あら郵便屋さんかしら」

こんな時間に？

その場にいた全員の頭に浮かんだ疑問を解消すべく玄関に向かったのは美枝だった。どうやら部屋の前で立ち聞きしていたらしい。

ばたばたと足音を立てながら戻ってきた美枝の手には手紙が握られていた。

「旦那様！」

美枝は興奮が隠し切れない様子で頬を赤く染めながら手紙を父親に渡した。受け取った父親は宛名を見て目を見開き、急いた手つきで手紙を開ける。

「あなたなんの手紙だったの？」

母親の問いかけに父親は破顔し、手紙を掲げた。

「龍ヶ崎家で行われる宴会への招待状だった！　どうやらそこで花嫁が決まるらしい。家からは四人全員参加するように書かれている」

「やったじゃない！　それで、日にちは？」

「明日だ」

「明日？　随分急なのね。それに明日はあの方が来られるんじゃなかった？　ああ、この子だけ置いていけばいいのね」

母親は楪のことなどどうでもいいといった様子ですぐに切り替えたが、父親は首を振った。

「そうしたいのはやまやまだが、招待状に四人でと書かれてある以上四人で行くべきだろう。ひとり足りないのが欠点として扱われる可能性もある。先方には事情を話そう」

父親はさっそく楪の結婚相手に連絡を取り始めた。浮かれている両親をしり目に楪は内心焦っていた。

おじさんとの顔合わせが延期になったのは喜ばしいが、十和と契約結婚の話をした翌日に宴会の誘いがあるのは偶然だろうか。今まで龍ヶ崎となんの関わりもない家が呼ばれることなどあるのだろうか。ご丁寧に手紙には四人で来いと明記されているのも気になる。

そろりと窺うように姫花が楪の手を握った。

「ねえ、ゆずちゃん。私が向こうに嫁いだら私たちって会えなくなるのかな？」

姫花は楪を見ていなかった。じっと前だけを見る目に困惑しながらも、安心させるように小声で言葉をかける。

「会えるよ、学校も一緒なんだから」

姫花がなにか言おうとしたが、その前に両親の視線が楪に向けられた。

「どうやら先方も招待を受けているらしいから、お前の顔合わせもそこで行う」

「え」

延期されたと油断していたので反射的に顔が歪《ゆが》む。

「なんだその顔は。明日はそんな表情を絶対にするなよ。いいな」

「あなたは愛想がよくないんだからきちんとしなさい」

両親の言葉に楪は乾いた笑みをこぼした。


寝不足で重い体を引きずりながらなんとか学校へ行ったが、教師の声が子守唄のように聞こえ授業中はほとんど意識がなかった。

今日は実技がなくてよかった。もしあったなら昨日よりもひどい有様だっただろう。

襲ってくる眠気と戦いながらなんとか一日を無事に乗り切り、十和と約束した放課後になった。

迎えに来ると言っていたが果たして本当に来るのだろうか。不安を胸に学校を出たところで、数メートル先に見覚えのある高級車が止まっていることに気がついた。

周りを警戒しつつ恐る恐る近寄ってみると、後部座席の窓が開き十和が顔を出した。

「入れ、中で話そう」

高級車に乗るなんて初めてで、どぎまぎしながら十和の隣に乗り込む。恐ろしく柔らかい座席におののいていると、車が発進した。

「さっそくだが本題に……顔色が悪いな、大丈夫か？」

「ああ、はい。大丈夫です。少し寝不足で」

いろいろ考えていたら眠れなかったと欠伸を押し殺すと、十和は苦笑を漏らした。

「先に謝っておく、すまない」

万全な体調じゃない時に連れ出したことかと思ったが、どうやら違うようだ。

「今朝、宴会の招待状が届いただろう。あの場で俺たちの婚約発表をすることが決まった。本当は内密に話を進める予定だったが、家の人間が嬉々として準備を始めてしまって、止める間もなく……」

「ちょ、ちょっと待ってください。確認しておきたいんですけど、十和さんって龍ヶ崎家の次期当主様なんですか？」

そうじゃなければいい。ドキドキしながら返答を待っていると、十和は小首を傾げてなんでもないことのように言った。

「なんだ、知らなかったのか？　そうだ。俺が龍ヶ崎家の次期当主だ」

願いは呆気《あっけ》なく否定され、楪は一瞬呼吸を忘れた。

嫌な予感は当たる。

十和は姫花と結婚する予定の人間だ。十和と婚約すれば、姉である楪が姫花から横取りしたようになる。

『この泥棒猫』と両親から頬を殴られる想像が一気に頭を巡り、いっそう気分が重くなった。

両親は絶対に楪と十和の結婚を反対するだろう。それはいったんどうでもいい。問題は姫花がどう思うかだ。ゆずちゃんが幸せならいいよと微笑んでくれそうな気もするが、婚約者を取られたと感じるかもしれない。

「……む、無理です」

「は?」

「やめましょう、婚約するの」

切実な目で見つめると、十和は眉をひそめた。

「今さらなにを言っている」

「そもそも十和さん的には治療できる人間がいればいいんですよね? だったら結婚なんてしなくてもいいじゃないですか」

必死になって否定する楪と対照的に、十和はずっと冷静だった。

「今さら嫌がり始めたのは、君の妹が婚約者候補だからか？」

まさか把握しているとは思わなかった。藤沢の話によると数々の名家が自称婚約者を名乗っているらしいが、それ全部を覚えているのだろうか。

「全員把握しているわけではないが、君の両親が俺の家に直接手紙を送ってきたからそれには目を通した。残念ながら、俺は万が一君との結婚がなくなっても妹と結婚しない」

「どうしてですか？」

「はあ？　どんな人間かわからない奴となんか結婚できるか」

ふんと鼻を鳴らした十和に楪は首を傾げた。

十和と楪が出会ったのは昨日が初めてで、そんなに会話を重ねたわけでもない。ほとんど姫花と条件は変わらないと思うのだが、それを問う前に十和が続ける。

「それに事情を聞けば、君はこの結婚を受けたくなる」

「事情？」

不穏な空気を感じ取り、眉を寄せた。

「さっき招待状の話をしたな。本当は宴会など開かずに俺が君の家に赴いて両親と話をつけるだけにして内密に話を進めようとしていたのだが、家の人間が勝手に君の家や名家に手紙を送りつけてしまった。それには、ここ最近頻発している事件が関係している。なにか知らないか?」

「いえ、事件ってなにかあったんですか?」

「俺の婚約者を名乗っている人間が妖魔に襲われる事件が頻発している。幸いまだ死者は出ていないものの、そのうち取り返しのつかないことになりかねない。祓い屋としてなんとか早期に解決したいが、妖魔がどういう出没条件なのかもわかっていない。ただ被害者には共通点がある。俺の婚約者を自称していることだ」

十和の言わんとすることを察し、楪は顔を青くした。

「ま、まさかこの宴会って、犯人をおびき出すためのもの、ですか?」

「そうだ」

神妙な顔で頷いた十和に楪はひっと悲鳴をあげかけた。

つまり龍ヶ崎家は楪をおとりに犯人をおびき出そうとしているらしい。四十代の男との結婚から逃れたと思ったら、殺されるかもしれない懸念が生まれる事態になった。まったく笑えないが、引きつった口からは笑いが漏れた。

「宴会で危ない目に遭うかもしれないってことでしょうか」

「それはない」

きっぱりと断言した十和に驚くと、薄紫色の神秘的な目が真剣な熱を帯びて楪を見た。

綺麗すぎる瞳にぎくりと体が固まる。

「俺が絶対に楪を守る。だから安心してくれ」

「ひえ」

美しすぎる顔面を目の前にすると人間は思考力が下がるらしい。小さく悲鳴をあげて思わず頷きそうになってしまったが、慌てて首を振る。

「その婚約者候補を襲っている妖魔が出なかったらどうするんですか？」

「妖魔が出ない可能性はある。だが、絶対に犯人はその場に現れる」

「犯人？」

その言い方ではまるで人間が関わっているみたいだ。楪の疑問に十和は真剣な顔で頷いた。

「ああ、この襲撃事件は裏で人間が糸を引いている。だから婚約者候補を狙っているその人間は必ず宴会に顔を見せるはずだ」

「でも宴会って完全招待制なんですよね？　どうやって犯人を呼ぶんですか？」

「襲われている人間が共通して、意識を失う直前に『私が婚約者に選ばれるんだから邪魔をしないで』という女の声が聞こえてくると証言している。つまり犯人も婚約者を名乗っていると考えた方がいい。万が一呼んだ人間の中にいなかったとしても、そこまで俺に執着している人間ならば必ず宴会には来るはずだ。どんな手段を使ってもな」

犯人像は見えないが、自称婚約者を名乗っているだけで襲ってくるなんて相当十和と結婚したいらしい。十和の言う通り、なんとしてでも宴会にやってきて婚約者になる人間を殺しそうだ。

十和は守ると宣言してくれたが、果たして信用できるのだろうかと怪しむ気持ちが表情に出た。

「不安そうにするな。家の警備は万全だ。危険はない」

龍ヶ崎家といえば、祓い屋のエキスパートだ。実力は椋が想像している以上に高いのだろう。しかしやはり不安は消えない。

「君が嫌だと拒否しても、俺は椋以外と結婚する気はないぞ」

射貫くような強い視線で見つめられ、どきっとしたのもつかの間、さらに十和はとんでもないことを言い始めた。

「……君に断られても妹とは結婚しないと伝えたが、あれは嘘だ。もし君が断るのなら俺は妹をおとりに……妹と結婚して犯人を捕まえる。優しい君は妹を危険に晒したりしないはずだよな」

十和はにっと口角を上げた。

美しいが悪魔のような笑みにぽかんと口を開けて呆《ほう》ける。なにを言われているのか一瞬わからなかったが、なんとなく口を開いた。

「まさか今、私脅されてますか？」

「ああ、そうだ。俺は今、君を脅している」

すがすがしいほどのきっぱりとした口調に、事態を把握した楪はうろたえた。

「な、なんですか、それ、妹を人質に脅すなんて最低です」

「なんとでも言え、俺はどんな手を使っても君を手に入れる」

強い意思の籠った言葉だ。これ以上被害者を出す前に早く解決したいのだろう。十和の思いが伝わってきて楪は黙ることしかできなかった。

しきり直すように十和が咳払いをした。

「……脅して悪かった。事件に巻き込んだのもすまないと思っている」

「いいです。大丈夫です。姫花のこともありますし、断ったりしません」

姫花をおとりに使われるわけにはいかないという思いもあるが、そもそも姫花は龍ヶ崎の家との結婚を嫌がっていた。前向きだったのは両親だけだ。

「私、治癒しか取り柄がなくてまともに戦えないので、守ってください。まだ死にたくはないです」

じっと十和の目を見つめると薄紫の瞳がすっと細められた。

「必ず守る。絶対に傷ひとつつけさせないと誓おう」

力強く頷いた十和の言葉には説得力があった。きっと大丈夫だと安心して任せられる気がした。

明日の段取りを決めた後、契約書を渡された。婚約といっても契約が絡んでいるのでしっかり確認するように言われ、上から順に目を通していく。契約書には概ね既に聞いていた内容が書かれていたが、中には目を引く文面もあった。

まず、この婚約が契約であることを他言してはいけないこと。

次に、龍ヶ崎十和になにかあった時にすぐ駆けつけられるように一緒に暮らすこと。

「一緒に暮らす？」

「ああ、俺は頻繁に仕事に出かけるからな。怪我するたびに呼び出すんじゃ効率が悪い」

「はあ、たしかに」

どうせ家を追い出される身なので新しい家が決まってよかったくらいに考えようと次の文章に目をやり、気になるところがないか改めたが、特に問題なさそうだった。

ハンコを持ってきていなかったので十和の朱肉を借り、指で印を押した。

こうしてあっさりとふたりの婚約関係が成立した。

送っていくという申し出は断ったのだが却下され、妥協案で昨日と同じ公園まで送ってもらう。

「どうかしたか」

ほとんど揺れない高級車でぼんやりしていると十和が顔を覗き込んできた。

「なんか拍子抜けしたというか、こんなにあっさり婚約してしまっていいものかと」

「実感がない？」

「そんな感じですね」

頷くと、目当ての公園が見えてきた。

龍ヶ崎家の次期当主と婚約しておいて拍子抜けしたというのは失礼かと思ったが、十和はまったく怒っていなかった。反対に口角を上げて笑っている。

含みのある笑顔に戸惑う。それにいつの間にか十和が距離を詰めてきている。その近さに瞠目《どうもく》した。

「あ、あの、十和さん」

「十和。十和でいい」

離れてほしいと伝えたいのに頬をするりと撫でられ言葉を失う。冷たい手の感触に気を取られていたので、十和の顔が近づいてきていることに気づけなかった。ちゅっ、と可愛らしい音と共に頬に柔らかいものが触れ、離れていく。

「え」

なにをされたのか理解できる前に車が止まった。

「着いたぞ」

「あ、はい」

運転手が楪が乗っている方の扉を開けてくれたので、車を降りる。運転手に頭を下げ、開いた窓から覗いている十和と向き合った。

「じゃあ、明日はよろしく。気をつけて帰れよ、おやすみ。楪」

「お、おやすみなさい」

片手を上げる仕草をしたので反射的に手を振ると、十和は楽しそうに笑った。

車が発進したのを呆然と見送っていたが、車が視界から消えた途端に呪縛が解けた。

思考がぐるぐると巡る。

「き、キスされた？」

なぜ、なぜ、頬にキス。

実感が沸かないと言ったからだろうか。それとも龍ヶ崎家では頬にキスなど日常的にするのだろうか。

どちらにせよ。

「心臓、もたないよ」

急激に顔に血が巡り、頬が赤く染まる。うわあと叫び出したい衝動に駆られたが、なんとか抑えてその場にうずくまった。

彼は自分が他者にどれだけ影響を与えるかわかっていない。何気ない仕草ですら楪は立ち上がれなくなってしまった。

「明日、大丈夫かな」

楪の口から熱いため息がこぼれた。

◇◇◇

「十和様」

契約書をじっと眺めていると運転席から窘《たしな》めるような声がかかった。

「季龍、なんだ」

「なんだじゃありませんよ。いいんですか、犯人は思っている以上に危険な奴かもしれませんよ。それなのにおとりにして」

ルームミラー越しに目が合った季龍の顔には焦燥が浮かんでいる。

昨夜婚約の事情を龍ヶ崎家現当主である父親に話したところ、婚約についてはすぐに了承された。

話がそこで終わればよかったが、隠居している祖父の耳にまで入り、件《くだん》の自称婚約者襲撃事件をどうにかするチャンスではないかと言い始めた。止める間もなく婚約者お披露目の計画が立てられ、迅速に各方面に招待状が送られた。

ここまで早々に事態が動いたのは、龍ヶ崎家の威厳を守るために襲撃事件の早期解決を図りたいことが一番の理由だが、そもそも婚約者を勝手に自称している人間を戒める意味合いもあった。

正式な婚約者を発表すれば婚約者を自称する人間がいなくなる。色目を使って擦り寄ってくる人間が減ってくれればいいという龍ヶ崎家の思惑があった。

昔から、十和の整った容姿に惹かれて擦り寄ってくる女が後を絶たなかった。興味がないと冷たく接すればすぐにいなくなったので、十和自身は別段気にも留めていなかった。

十和に直接アプローチできないと悟ると、標的は龍ヶ崎家の関係者に移った。

ぜひ自分の娘を正式な婚約者にと推してくる人間が後を絶たず、いい加減にしてくれと十和の方に苦情が来ていた。

楪をおとりにすることへの賛否は別れた。十和はもちろん反対したが、なにかあれば全員が全力で守ればいいと最終的には案が通ってしまった。

「絶対に怪我などさせない。皆にも全力で守るように言ってあるから大丈夫だ」

強気な態度を見せると、季龍も応えるように頷く。

不安がないわけではないが、口に出すわけにはいかない。出した言葉は言霊《ことだま》となり、実際に起きてしまいそうだからだ。

「それならいいですが。それよりもなんですか、あの脅しは」

「うっ」

指摘され、言葉に詰まる。

「あの時はどうかしてたんだ」

「あなたが取り乱すなんて珍しいですね」

「別に取り乱してはいない」

十和は話は終わりだとばかりに契約書に視線を戻した。運転する季龍もそれ以上苦言はないようで黙って運転に集中する。

静けさが戻った車内で十和は先ほどの楪とのやりとりを思い出していた。

頭の中で回想が巡り、契約書の内容など頭に入ってこない。

脅したのは完全に失敗だった。悪い印象を持たれたかもしれない。そう思うと頭を抱えそうになったが、なんとか深く息を吸い込み考えを打ち消す。

契約書はこうして手元にあるのだからなにも問題はない。問題があるとすれば明日だ。犯人がなにをしかけてくるかわからない以上、警戒を怠るわけにはいかない。集中すべきだ。

ふう、と大きく息を吸い込み、十和は目を閉じて余計な考えを払うついでに反省した。キスはやりすぎたかもしれない、と。

◇◇◇

翌日、両親が用意した着物に身を包み、迎えが来るのを門の前で今か今かと待っていた。両親はそわそわと落ち着かない様子で何度も鏡を見に行ったり、娘ふたりの格好に粗がないかと視線を巡らせたりしていた。

母親が「私、大丈夫？　変なところはないかしら」と何度目かわからない質問を父親に投げかけた時、楪はそっと姫花に視線を向けた。

姫花は可愛らしい桃色の着物を着ている。結い上げた色素の薄い髪には華やかな装飾が煌《きら》めき、息を呑むような美しさだ。

対して楪は青色の落ち着いた色味の着物を着て、髪にも装飾品を着けている。しかし姫花ほどの煌めきはない。体裁を気にしてか娘ふたりにわかりやすい優劣はないのだが、よく見ると着物と装飾の質も量も遥《はる》かに楪の方が劣っている。両親からすれば今日の主役は姫花なのだから当たり前の対応かもしれない。

ふうとため息をつくと、目ざとく気づいた母親が目を吊り上げた。

「ちょっと、辛気臭いため息をつかないでよ。先方の前では絶対にやめてちょうだい」

「龍ヶ崎家からの印象も悪くなったら困るからな。それにお前も未来の旦那様と対面するのだから、もっと愛想をよくしなさい」

『未来の旦那様』という言葉に、なんとも言えない気持ちになった。

父親からすれば四十代の男のことだろうが、楪からしたら十和のことだ。契約とはいえ、彼と婚約した事実を思い出し落ち着かない気持ちになる。他のことを考えようと視線を上げると姫花と目が合った。

「姫花、どうかした？」

「ううん、なんでもない。ゆずちゃんこそなにかあった？」

ぎくりと肩が跳ねそうになり、慌てて取り繕う。

「少し緊張しているだけだよ。姫花は緊張しないの？」

「私も緊張してる。ゆずちゃんは、結婚しても私と一緒にいてくれる？　離れてなんかいかないよね」

姫花の目が不安げに揺れる。そして両親には聞こえないくらいの声で呟いた。

「私、結婚なんかしたくないよ……」

震える声に楪は姫花へと体を寄せる。着物が着崩れてしまわないようにそっと姫花に腕を回す。楪よりも小さな体はかすかに震えているようで、両親の視線がないうちにぎゅっと一瞬強く抱きしめて離れた。

「大丈夫、全部うまくいくよ」

「ゆずちゃん？」

姫花の戸惑いに揺れる目に笑いかけ、ぐっと拳を握って覚悟を決めた。

今から名家の娘たちを襲った犯人と対峙《たいじ》するかもしれない。普段なら力不足でなにもできない楪も誰かの力になれるかもしれない。

きっとおとり役は姫花の方が適任だ。姫花は結界術に長けているし、実力もあるから楪よりもずっとうまく立ち回れるだろうが、それでも姫花にはおとり役をやってほしくなかった。頭の中に浮かぶのは、小さい頃に妖魔に襲われて気を失う姫花の姿だ。

あの姿を思い浮かべると腹の奥がぞっと冷える。

あんな目には二度と遭わせたくない。例えそれがエゴだったとしても。

楪の決意は固かった。

ぐっと拳に力を入れて顔を上げた時、家の前に真っ黒い高級車が止まった。後部座席を確認したが、十和の姿はない。

運転手は白髪を後ろに撫でつけた老齢の男だった。ドラマや漫画で見かける執事然とした風貌に、椎名家の面々に緊張が走る。

「おはようございます。お待たせしてしまったみたいで申し訳ありません。私、龍ヶ崎家の使用人の君原《きみはら》と申します」

君原はすっと腰を折るとすぐに元の体勢に戻り、後部座席の扉を開けた。

「ど、どうも」

スマートすぎる所作に口を挟める人間はその場におらず、そわそわしている両親が間の抜けた返事をしてから車に乗り込んだ。

その車は十和が乗っていたものよりも広い、いわゆるリムジンだった。

「み、皆こんな待遇なのかしら」

母親が落ち着きなく車内を見渡しながら言った。

宴会にどれぐらい招待されているのか知らないが、犯人が絞り込めていない以上、数は少なくないだろう。その人数を全員迎えに行っているのだろうか。リムジンが何台あっても足りない気がすると思っていると、君原が答えた。

「大体のお客様は自分の車でいらっしゃいますよ。今回椎名様たちは特別待遇とさせていただいておりますゆえ、お迎えに上がったのです」

『特別待遇』という言葉に両親の機嫌がわかりやすく上がった。

「そうなんですね。ということは婚約の件は姫花が選ばれたんですね」

「それは私の口からはなにも」

ふふ、と君原が笑う。不意にルームミラー越しに目が合い、楪は飛び上がりそうになった。まるで『予定通り進んでいますよ』と言っているかのような視線に楪は動揺する。

君原は龍ヶ崎の人間なのだから事情を知っていて当然だ。右往左往するようなことではない。両親になにも悟られないように精一杯の笑みを浮かべて頷いた。

車は三十分ほど走った辺りで止まった。

「到着しました。ここが龍ヶ崎家です」

後部座席を君原が開けてくれたので、一番に外へ降り立ち——驚愕《きょうがく》した。

「えっ！」

今度こそ飛び上がりそうだった。

目の前に広がっているのは日本家屋の豪邸だった。椎名家も決して狭いわけではないが、比べてしまうと椎名家が小ぶりに見える。

「す、すごい。すごいわあなた！　ここに私たちも住むことになるのね」

車から降りてきた母親の声に気分がすんと萎えた。

まさかとは思っていたが、龍ヶ崎家に姫花が嫁入りしたら両親も越してこようとしているらしい。

なぜそこまで自分勝手になれるのかわからない。今も周りの目など気にした様子もなく大きな声で騒いでいる。豪邸の前には他の客らしき顔もあり、母親の発言に皆、眉をひそめている。

楪は姫花の隣に立って、両親から少し距離を取った。

その後、君原に案内されるままに屋敷の中に入ると、広い和室に案内された。ずらりと小さな机が並んでいる。

「少々お待ちください」

君原はそう告げると奥の部屋へ消えていった。

ここまでは十和から話を聞いている内容そのままだ。基本的に楪は案内役の指示に従って動けばいい。ここで待てと言われれば待てばいい。

両親は特別待遇という言葉に浮かれている様子で大きい声で話し続けている。

緊張しながら隅で姫花と並んで立っていると、突然強い力で肩を掴まれた。

「ちょっと、なんであんたがいるのよ」

背後には藤沢が怒りを露にした様子で立っていた。

「あれ、藤沢さんも招待されたの？」

「そうよ、当たり前でしょ。それよりもあんたはなんでいるわけ？　どう考えてもこの場にふさわしくないでしょ」

藤沢はちらりと隣に座る姫花を見た。

「能力が高くても地位がなきゃ相手にされないわ」

小馬鹿にした様子でふっと笑った藤沢に反応を示したのは母親だった。

「なにを言っているの？　姫花は正式な婚約者よ。ここに来るのも龍ヶ崎様がわざわざお迎えを寄越してくださったのよ、特別待遇だからってね。あなたはなんで来たの？　もしかして自分の家の車かしら？」

「はあ？　迎えなんて嘘でしょ？　そんなわけないわよね？」

藤沢はぎろりと楪を睨むように見た。

巻き込まないでほしいと思うのだが、その場にいた全員が楪を見ていることに気づき、無視できる状況ではない。

「ま、まあ、迎えは本当ですが」

頷くと、藤沢は「ありえない！」と声をあげて楪に詰め寄った。

「嘘つかないでよ。特別待遇なわけないじゃない。だってそんなの本当に――」

「婚約者みたい？」

姫花の透き通るような声に周りにいた全員が押し黙った。姫花は目を引く容姿をしている上に声を張ると凛《りん》として聞こえるので、周りにいた全員が気圧された。

「あなた、誰？　ゆずちゃんの知り合い？」

「え、ええ。クラスメイトよ」

「そう。クラスメイトだからっていきなり肩を掴むのはやめて。肩が外れたらどうするの？」

　楪の肩幅は姫花よりも広いのでそう簡単に外れることはないし、そういう話でもないと思うのだが、口を挟める雰囲気ではない。

　助けを求めるように視線を上げた時、新しい嵐が舞い込んできた。

「あら、正式な婚約者がいらっしゃるの？」

　砂糖菓子を溶かしたような甘い声が響いた。

　瞬間、その空間にいた全員が口を閉じて声のした方へ視線を向けた。

　悠々と歩いてきたのは、赤い着物に身を包んだ美しい女性だった。二十代前半くらいに見える。長い黒髪を耳にかける仕草は妙に色気がある。

　楪も姫花も心当たりがなかったのだが、藤沢たちからしたら有名人らしい。

「夢子《ゆめこ》さん……」

「おはようございます。藤沢美月さん。そちらの方たちは？」

「椎名楪です。こちらは妹の姫花です」

　藤沢が紹介すると、夢子と呼ばれた女性は楽しげに微笑んだ。

「あなたが姫花さん？　噂は聞いています。すごい優秀な方なんですよね。楪さんもおはようございます」

　夢子は姫花と楪、両方に同じように柔和な笑みで挨拶をした。

「いろいろと事情はありますけど、今日は一緒に楽しみましょうね」

微笑みながら夢子は去っていった。すると緊張感が緩和して、皆が一様に息を吐き出した。

「あれは誰ですか？」

楪は夢子の背を見ながら聞いた。

「あんた知らないの？　瑠璃川《るりかわ》夢子。龍ヶ崎家とは昔から繋がりがあって、あの人が一番の婚約者候補だって言われているの。許嫁《いいなずけ》だって噂もあるし……」

「許嫁？」

「単なる噂というか、夢子さんの周りが囃《はや》し立ててるのよ……って、なんであんたにこんな話をしているんだろう」

藤沢は苦い顔をした後にどこかへ去っていった。

残された椎名家は気圧された空気を払拭すべく両親と姫花が明るく話し始めた。

本当に嵐のような人だった。

十和から許嫁の話など聞いていないので、藤沢の言う通り単なる噂の可能性が高いのだが、なんだか釈然としない。それに夢子の圧倒的な空気に呑まれたせいで、ここに来るまでに決めた覚悟が揺らぎそうだ。

「ちょっと外の空気を吸ってくる」

姫花にひと言告げて部屋を出た。

宴会の前に十和の両親と顔を合わせることになっていた。廊下を出てきょろりと見渡したが誰の気配もない。

君原が近くにいてくれないかな、と思った時、目の前にすいっとなにかが通った。視線で追ってみると、それは半透明な蝶《ちょう》だった。

その蝶からはかすかに感じたことがある気配がしている。

「十和さん？」

名前を呼んだ途端、それはふわりと浮き上がり、まるでついてこいと言うように廊下を進んでいく。

ついていくべきだろうか。なにかの罠《わな》かもしれないと警戒心が湧くが、十和の気配に結局はついていくことにした。

蝶はほとんど透明で、まるで水でできているようだ。

「式神かな。可愛い」

蝶の式神が十和の周りを飛んでいるところを想像するのはたやすい。ふわりと浮き上がる蝶と指で遊ぶ様子は絵になるだろう。しかし、なんとなく十和はもう少しいかつい式神を従えているような気がした。

十和は水のように洗練された雰囲気を持っているが、それと同時に荒々しさもあると感じてしまうのは、昨日脅されたのが原因だろうか。

そんなことを思いながら蝶について廊下を歩いていると、左側にあった襖が開き、中から十和が顔を出した。

「来たか。おはよう」

十和はひと目で質がいいとわかる、黒に金の刺繍《ししゅう》が入った着物を着ていた。次期当主が婚約者を発表する大事な場なのだから当たり前なのだが、その洗練された空気に気圧されると同時に見惚《みほ》れた。

すぐに自分の格好に不安を覚えた。

着物は安物ではないが、値が張るわけでもない。髪の装飾も地味だ。そして残念なことに容姿も平凡で、婚約者という立場で十和の隣に立つのにふさわしい見た目とは思えない。

今からどうこうできる問題ではないので諦めるしかないが、着物姿だと不釣り合いさが目立っていたたまれない。

「どうした？」

十和に顔を覗き込まれ、はっとして慌てて挨拶を返す。

「いえ、なんでもないんです。おはようございます」

「なにか気がかりでもあるのか？　それなら今のうちに話しておいてくれ」

「ええっと」

じっと見つめられ、白状するまで追及は終わらなそうな雰囲気に口を開く。

「私の格好、大丈夫かなって」

「可愛いから大丈夫だ」

「かわ……」

がばりと顔を上げて十和を凝視するが、お世辞を言っているようには見えない。

「なんだ？」

「いえ、男性には初めて言われたので」

「そうなのか？　その着物も落ち着いた雰囲気の楪によく似合っている。どうして大丈夫かなんて思ったんだ？　……まさか、誰かに言われたのか？」

十和の顔に剣呑さが滲み、慌てて否定する。

「違います。私が十和さんと釣り合っていないように見えただけです。今日の十和さん、すごく綺麗だから」

「き、綺麗……」

十和が呆然とした様子で呟く。

「はい。いつも驚くほど綺麗な顔をしているなと思いますけど、今日は特に」

こほんと十和のものではない咳払いが聞こえて初めて、十和以外の存在に気がついた。

「お互いに褒め合うのは微笑ましくていいですが、あまり時間がありませんよ」

そう指摘したのは十和の運転手の男だ。

褒め合っている自覚はなかったが、男の言う通りお互いに容姿を褒めていたことを思い出して、顔に熱が集まる。慌てて顔を逸らして運転手の男に頭を下げた。

「すみません、挨拶もせずに」

「こちらこそ挨拶が遅れました。季龍と申します。邪魔をしてしまってすみません。できれば邪魔などしたくなかったんですが、あまり時間がありませんので」

時間を確認すると宴会の時間まで三十分を切っている。

十和の両親との顔合わせもまだなのに、と部屋を見渡す。十和の両親らしき姿は見えない。

楪の疑問を察した十和が答える。

「父に急な任務が入ったから両親とも来られなくなった」

強い術師になると、急に任務を入れられることも多いらしい。予定が狂うのは日常茶飯事なのだろう、十和に慌てた様子はない。

「そっか、お母さんも来られないんですか？」

十和の父親が来ない理由はわかったが、母親はなぜ来ていないのだろう。純粋に抱いた疑問を口にすると、十和は困った様子で眉を下げた。

「……父は心配性で、自分がいない時に母が家から出るのが嫌なんだ。だから父が来ないのなら母も来ない」

「そうなんだ」

龍ヶ崎家当主ほどの術者は、今回のように家を空けることも多いだろう。心配性ならば心が休まらなそうだ。

「そろそろ行きましょうか」

季龍が時計を見ながら十和を急かす。

「ちょっと待て」

十和はそう言うと部屋の奥に向かい、誰かと話し始めた。

「さっきの話ですが」

小声で季龍に話しかけられ視線を向ける。

「龍ヶ崎家の現当主が特別心配性というわけではないんですよ。龍ヶ崎に入っている龍の血のせいか、番《つがい》が自分の知らぬ間にテリトリーから出るのをひどく嫌がるんです」

番やテリトリーなど、人間に対して使う機会のない言葉に驚く。

龍ヶ崎は混血で人よりも神に近いとは聞いていたが、十和と接している時に混血だと感じることはなかった。

「十和様も恐らく束縛は激しい方です」

「へ、へぇ」

まったく想像がつかない。

「嫌になりましたか？」

季龍を見上げると、彼もじっと楪を見ていた。探るような目に、楪はよく考えずに首を振る。

「まだ十和さんのことをよく知らないけど、嫌だとは思わないです」

「知ってしまえば、嫌になるかもしれない」

季龍は彼なりに十和を心配しているのだろう。もしかしたら龍ヶ崎という特殊な血のせいで十和が傷ついた過去があるのかもしれない。

季龍の目には不安が読み取れた。

「うーん、そうなったらその時に十和さんと話し合います。ひとりで外に出たい時とか困りますから」

未来はどうなるかわからないのだから、悩んでも仕方がない。

楪の言葉に、季龍は驚いた様子で目を見開いた後、笑みを浮かべた。

「あなたに話してよかったです」

季龍は小さい声で呟くと、頭を下げてから部屋を出た。

残された楪は、そろりと部屋の中を見渡してみる。

家具はほとんどなく、畳の上には上質な帯や着物が置かれている。どれも男性の物で、どことなく十和が着ている着物と似ていることから、恐らく十和が着る候補だったものだろう。

ここは控室のようで、奥には数人の男女がいた。その中に君原の姿を見つけ、目が合ったので会釈をすると、微笑みながら会釈を返された。

十和はその中で髪を結った女性と話していたが、なにかを手にしながら戻ってきた。

「少し触るぞ」

十和の手が楪の髪に伸ばされる。近くなった距離に驚いて離れようとすると、「動くな」と笑いながら窘められた。

「すぐに済む」

十和が近くで動くたびにいい香りが漂い、ドキドキと胸が高鳴った。

なんの匂いだろうか。水のように澄んでいるのに甘く痺《しび》れるような匂いを嗅いでいると段々くらくらしてきた。

『もういいですよね』と離れたいのをなんとかごまかし、じっと我慢していると、「よし」と言いながら十和が離れた。

「うん、よく似合っている。可愛い」

「え、な、なに？」

顔が赤い自覚があるので、まじまじと見ないでほしい。そっと視線を逸らすと、ちょうど壁に立てかけてあった姿見が目に入った。そこに映る自分の姿に楪は驚いた。

「あれ、これ」

頭についている装飾が増えている。

元々ついていた小さな花の装飾はそのままに、煌びやかだが落ち着いた雰囲気の花々が追加で咲いていた。

「可愛い……」

「前のままでもよかったが、なにか俺からも贈りたくなった。気に入ったのならよかった」

「ありがとう、十和さん。すごく可愛い。嬉しいです」

へへ、と笑みをこぼすと、十和が身を屈めて顔を覗き込んできた。その顔は少しだけ機嫌が悪そうに見える。

なにか機嫌を損ねることでもあっただろうかと首を傾げた楪に十和は言う。

「呼び方」

「え？」

「十和でいい。いや、そう呼んでほしい」

十和が屈んでいるため顔が近くにある。近距離で見つめられていることに今さらながら気がつき、顔が赤くなる。

「十和。はい。呼んでみろ」

「と、と、と、とわ」

詰まりながらもなんとか呼ぶと、十和は花が綻ぶように嬉しそうに笑った。

いつの間にか十和の手が楪の首の後ろに回されていることに気がついた時には、ちゅっと唇が目の下に触れていた。

「なっ」

「おっと、時間だ。名残惜しいがまた後で」

抗議の声をあげるよりも早く十和が体を離し、真剣な顔つきで楪の顔を見た。

「なにかあった時のために式神はそのままにしておく。龍ヶ崎家の連中は皆、楪の仲間だ。絶対に守ると約束する」

変わり身の早さについていけず、あわあわしながらもなんとか頷いた。

時間が迫っているので、部屋の奥にいた人たちや季龍と名乗った運転手に挨拶をして部屋を出る。

扉を閉めてひとりになっても、未だにドキドキと心臓が鳴り響いている。

「なんですぐにキスするんだろう」

キス魔なのだろうか。

不思議に思いながら目の下に触れると、十和の唇の感触が蘇《よみがえ》ってきた。

頭を抱えてうずくまりそうになっている楪の前を蝶が飛んだ。水のような蝶は急かすように羽ばたき、宴会場へと向かっていく。

「そうだった、行かないと」

問題はこれからだ。軽く頬を叩き、浮ついている気持ちを静める。

犯人と対峙するかもしれない緊張感を思い出し、宴会場へと急いだ。

第三章

そろりと宴会場の襖を開けると、既に全員着席していた。最前列に座っている両親と姫花の元へ足音を立てないように歩き、こっそり座ったのだが、楪が帰ってきたことに気がついた両親は目を吊り上げた。

「どこへ行っていたの。先ほどあなたの夫が会いに来てくださったのよ？」

楪は、げっと顔をしかめた。

十和とのことですっかり忘れてしまっていたが、この場には楪が嫁ぐ予定だった男も来ているのだった。

どうやら十和に会っている間に男との接触があったらしい。部屋を出て正解だったと内心で安堵した。

「この後挨拶をすることになったから、次はどこにも行くな」

両親の言葉におざなりに返事をして時間を確認すると、約束の時間一分前になっていた。

「これ、どうしたの？」

姫花が十和からもらった装飾品を指さしながら聞いた。

咄嗟にどう答えるべきかわからなかった。ごまかすこともできず、素直に「もらった」と答える。

「もらった？　それにその蝶は？」

楪の肩に乗っている蝶を訝しげに見つめていた姫花にどう答えるべきか悩んでいた時、前方の扉が開いた。

十和が宴会場に入ってきた。その瞬間、室内に満ちていたざわめきが止まり、静まり返った。皆が十和の顔を見て息を呑む。呼吸を忘れる美しさだ。

十和の後を季龍が追い、中心にやってくると頭を下げた。

「このたびはお忙しいところ足を運んでいただき、ありがとうございます。この方が龍ヶ崎家次期当主、龍ヶ崎十和様でいらっしゃいます」

季龍の声は耳触りがよく、柔和な態度も相まって空気が少しだけ穏やかになる。

「突然の招待に応じてくれてありがとう」

十和の芯のある声に再び空気が引き締まる。

神秘的な生き物が口を開いた。客たちはまるで不可思議なものを見ているような視線を十和に向けた。

着物を身に纏《まと》う十和は綺麗さに磨きがかかり、異形のような美しさがある。

十和に見惚れていた人間の中で復活が早かったのは夢子だった。

「十和様。本日は招待いただきありがとうございます」

客人を代表して頭を下げた夢子に十和が頷き返す。

「招待状にも書いていた通り、本日は正式な婚約者のお披露目をいたします」

さっそく本題に入り、先ほどとは違う緊張感が部屋を包む。そわそわと落ち着かない娘と笑みを浮かべる名家の人間たちをしり目に、楪の緊張感も最高潮になっていた。

この部屋の中に犯人がいる。周りを見渡してみるが、誰が怪しいかなど判別できない。

十和に視線を向けると目が合ったような気がした。その目はいつも通り穏やかで、大丈夫だと安心させるような視線に、先ほど言われた言葉を思い出す。

十和は絶対に守ると言った。それならば安心しておとり役に全力を注ごう。

楪はぎゅっと拳を握り、段取りを頭の中で思い浮かべ、その時を待った。

部屋中が緊張で満たされた時、十和が口を開いた。

「楪、こっちへ」

部屋中が一気にざわめく。

楪が十和の隣に座ると、戸惑いが室内を包んだ。

「このたび、龍ヶ崎十和は椎名楪と婚約した」

十和が高らかに宣言しても空気は引き締まることなく、どよめきが広がっていく。

あの女は誰なのか。椎名家とは無名の家では。

これだけ名家の人間が集っているのに、選ばれたのがどこの馬の骨ともわからない女なのだから困惑するのは当然だ。椎名家は名の知れた名家などではない上に、能力も高くない楪が選ばれたことに怒りを覚える者が現れ始めた。

一番に声をあげたのは、楪の両親だった。

「なにかの間違いではないですか？　龍ヶ崎様が選ばれたのはそちらではなく、ここに座っている姫花では？　そちらの娘は選ばれる理由がありません」

「そうです、龍ヶ崎様。なにか勘違いをしていらっしゃるのではないですか？」

ひどい言い草だが、両親の言葉は正しい。そして、それは招待客の総意だった。

その声を皮切りに、他の人間も意見し始めた。

「なぜ、その娘を？　失礼ながら魅力があるとは思えません」

「私の娘こそ器量がよく、龍ヶ崎家のために尽力できるでしょう」

「十和様、どうか。考え直してくださいませんか」

「十和様」

「十和様、お願いします」

悲痛な叫びを十和は一蹴した。

「俺が選んだ相手になにか不満があるのか？」

声を張ったわけでもない凛としたそのひと言で、騒いでいた人たちは口を閉じ、顔色を悪くしながら俯いた。

この場に集まっているほとんどの人間は、祓い屋をしている人間ならば頭が上がらないような名家の出ばかりだ。その人たちですら龍ヶ崎家に反発することはできない。

わかっていたつもりでいたが、とんでもない相手と婚約してしまったようだ。

「納得してくれたようでよかった。では、そろそろ食事を始めようか」

誰も納得していないまま宴会が始まった。


壇上から降りると用意されていた食事の前に座る。楪の隣には十和が腰かけ、前と斜めは龍ヶ崎家の者で固められた。

「なにか、気になることはあるか？」

箸を止めた十和の質問に首を振って答える。

宴会は、無事進行していた。食事をとる者、十和に擦り寄ろうと話しかける者、十和と楪を観察する者と多種多様だったが、感情のまま文句を言う人間はあれ以来現れない。両親は楪を鋭い目つきで睨んできたが、それ以上はなにもない。

姫花と目が合うと、小さく笑って手を振ってきたので振り返した。

「犯人ってこの中にいるんですよね？　もう少し絞り込めませんか？」

宴会場には百人以上いるので、誰を警戒すればいいかわからない。

「無理だな。犯人は女としかわかっていない。……ちなみにだが、あれは君の知り合いか？」

十和が指をさした先にいたのは、怒りで顔を歪めた藤沢だった。

「はい、クラスメイトの藤沢さんです。彼女は前からあんな感じですよ」

「藤沢、といえば瑠璃川家の分家か？　前からって、いったいなにをしたらあんなに嫌われるんだ」

「それが心当たりがなくて……」

楪は彼女のことをほとんど知らない。瑠璃川家というのは夢子の家だ。その分家に当たることも今初めて知った。

藤沢とは三年になって初めて同じクラスになった。初対面の時から彼女は楪だけではなく多方面に対して威嚇するような振る舞いをしていた。心を開いているのはいつも共にいる友人くらいだろう。

「極力関わらないようにしていたんですけどね」

なにが原因で嫌われたのかわからないのであまり踏み込まないようにしていたのだが、もしかしたら逆効果だったかもしれない。藤沢の怒りで歪んだ顔を見つめながら、そんなふうに思った。

そして宴会は二時間続いたが、犯人が現れることはなかった。

宴会が終わり、帰宅する招待客を袖で見送る。

犯人が呼ばれていない可能性はないかと十和に耳打ちすると、彼は考え込むような仕草をした後で首を振った。

「婚約者を名乗っていた人間はすべて呼んだ。もしこの中に犯人がいないのなら現状はお手上げだ」

証拠がない以上、犯人を捜すことはできない。打つ手なしだ。

「だが、楪が正式に婚約者になったと知れば必ず向こうから接触してくるはずだ」

「おとり役続行ですね」

覚悟を決めておとり役をやったのになんだか裏切られたような気分だ。来るならひと思いに来てほしい。

いつ来るかわからない状態というのはかなりストレスだと知り、やはり姫花に役が回ってこなくてよかったと思った。

大勢の人間から視線を集めていたせいで変な緊張感がまだ残っている気がする。

ふうとため息をついた時だった。

「話が違うじゃないか！」

部屋を出ていく人のざわめきに紛れて聞こえてきた怒鳴り声に視線を向けると、でっぷりした腹の男が顔を真っ赤にして両親に声をあげていた。

「あの人は誰ですか？」

楪の問いに十和が不機嫌そうに答える。

「あれが楪と結婚するはずだった男だ」

「えっ」

男は招待客の視線など気にする様子もなく両親に向かって苦言を吐き続けている。

「俺が結婚するはずだった女がなぜ龍ヶ崎家に嫁入りするんだ？　どうなっているんだ」

「そ、それはですね。私の方もなにがなんだか」

男の言葉に委縮していた両親は、すぐに怒りの目を楪がいる方へ向ける。

「どういうことなんだ、説明しろ！」

父親の声に楪は反射的にびくつき、十和の着物を握る。楪の震える手を十和が安心させるように上から握りしめる。

「大丈夫だ」

十和はそれだけ言うと、袖から身を出した。楪も慌ててその後を追う。

「なにか不都合がありましたか？」

十和の出現に先ほどまで息巻いていた両親は目を逸らした。

しかし、楪たちの婚約に納得いっていない父親はすぐに顔を上げて十和の後ろにいる楪を睨む。

「どうしてお前は俺の言うことを聞かないんだ？　今まで育ててやったのにどうして裏切るんだ」

父親の憎しみの籠った声にぞくりと背筋が震える。

「この人がお前と結婚してやると言ってくださっているんだ。今からでも遅くはないから婚約を――」

「黙れ」

絶対零度の十和の声が父親の言葉を遮る。

楪に背を向けているので、十和の顔は見えないが声色から怒りが窺える。

「俺と楪の婚約は決定事項だ。覆ることはない。そこの男に楪を幸せにできるとは思えない。楪は俺がもらう」

十和の手が楪の手を包む。冷たいのに不思議と安心する温度に楪も握り返した。

「文句があるなら聞こう」

この場で十和に文句を言える人間などひとりもいないはずだった。

「なにをふざけたことを言っているんだ！」

声をあげたのは、十和と父親のやりとりを黙って聞いていた、楪と結婚するはずだった男だ。

「二十歳そこらのガキにこき下ろされてたまるか。俺が誰かわかっているのか？　そんな舐《な》めた態度を取っていいと思っているのか？」

男は酔っているらしく、呂律の怪しい口調で捲し立てる。

あまりにも身のほど知らずの言葉に両親が狼狽《ろうばい》し、口を塞ごうとする。しかし男は巨体を揺らして両親の手から逃れる。

不意に焦点の合わない目が楪を見た。

「俺が結婚するはずだったんだ。お前は俺のものなんだ」

男に欲を孕《はら》んだ目で見つめられ、鳥肌が立つ。咄嗟に十和の背に隠れた。

その行動が癪《しゃく》に障ったようで、男の顔が不快げに歪む。

「なんだ、その態度は。どういう教育をしているんだ。俺が躾《しつけ》を──」

男の言葉が不自然に止まった。

空気が張り詰める。呼吸をするのも躊躇うほどの緊張感に、一連のやりとりを傍観していた者たちも動くことができなくなった。

「お前こそ誰に暴言を吐いているのかわかっているのか？」

十和の地を這うようなおどろおどろしい声に男の酔いが一気に醒めたようで、正気に戻った目が十和を見た。

「あ、あの、と、十和様」

男が震えた声で十和の名前を呼ぶ。しかし、既にすべてが遅かった。

「出ていけ。二度と顔を見せるな」

龍ヶ崎十和への蛮行が許されるはずがない。

男は顔を真っ青にしながら震える足で出ていった。

「先ほどの続きだが」

十和が目を細めて両親を見る。

「この婚約になにか文句があるか？」

ゆっくりと尋ねる声に今度こそ文句を言う者はいなかった。十和はそれに満足そうに頷く。

「これから楪は龍ヶ崎家で暮らす。荷物はうちの者が取りに行く。話はそれだけだ」

その時、姫花が楪を見た。

寂しさを押し殺した顔に楪は手を伸ばしかけたが、それよりも前に母親が姫花を引っ張っていく。

部屋を出ていく前に振り向いた姫花の顔には、もう寂しさはなかった。ただ楪を案じていた。

騒ぎの中心人物たちが部屋を出ていくと、室内は一気に穏やかになった。

楪はいつの間にか詰めていた息を吐き、その場に脱力する。

「大丈夫か？」

隣にしゃがみ込んだ十和に背を撫でられ、なんとか頷く。

とんでもない男と結婚させられそうになっていたんだな、と思うとぞっとした。

ほとんどの招待客を見送りひと息ついた。

「ちょっと外に出てきてもいいですか？」

新鮮な空気を吸いたくて言うと、即座に十和は答えた。

「俺も行く」

すくりと十和が立ち上がったのでぎょっとした。慌てて肩を掴んで座らせる。

「ひとりで大丈夫ですから」

「犯人がどこかに潜んでいる可能性が捨て切れない。ひとりでは行かせないぞ」

「わかっています。だから式神を着けてくれているんですよね？　この子がいれば大丈夫では……」

十和は首を振った。

「あまりそれを信頼しすぎるな。強い力は込めているが万能ではないんだ」

「でも……」

「俺を連れて歩くのは嫌なのか？」

露骨に拒否してしまったせいか、十和はむっと顔を歪めた。

怒っているというよりも拗《す》ねているように見える顔は子供っぽく、断っている方が悪い気がしてきたが、了承することはできない。

「十和、は、目立つから……騒ぎになりそうで」

十和はよくも悪くも目立つ。彼が歩いているだけで擦り寄ってくる人間は多いだろうから、外に出るだけでも苦労しそうだ。そんなわけでどうしても断りたかった。

思い当たる節があるのか十和は苦虫を噛み潰したような顔をした。

「それはそうだが、俺と婚約した楪も十分目立つぞ」

「確かに……」

注目を集めるタイプではないので失念していたが、婚約を発表した今は嫌でも目立つ。どうしようかと頭を捻っていた時。

「私がお供しましょう」

声のした方を見ると、君原が微笑みを携えながら立っていた。

「声をかけてくる相手がいれば私がうまく対処いたします。ずっと室内に居続けるのはストレスでしょう」

「一理あるな……わかった。三分で帰ってきてくれ」

君原の後押しで十和は渋々ながら了承した。

「それでは行きましょう」

廊下には、帰らずに話し込んでいる人間がいた。その人たちにばれないように君原に隠れながら廊下の縁を歩くと、いろいろな人を見た。婚約できなかったことを嘆く者、怒りをぶつける者、中には泣いている令嬢の姿もあった。

その人の隣を通る時には緊張で吐きそうになり、あの部屋を出るべきではなかったと後悔もした。

なんとかばれることなく外へ出て新鮮な空気を吸い込むと、体に入っていた力が抜けた。

「すみません、ついてきてもらって」

「私も外の空気を吸いたいと思っていたところだったので、お気になさらず。ずっと警戒していたら誰でも疲れてしまいますからね。息抜きは必要です」

警護をしなければいけない君原たちは楪よりもずっと気を張っていただろうに、その表情はどこまでも柔和だ。

「ありがとうございます」

「感謝しなければいけないのはこちらの方ですよ。襲撃事件の犯人がなにをしてくるかわからないのにおとり役など、怖いでしょう」

君原は申し訳なさそうに頭を下げた。

「頭を上げてください。確かに少し怖いですけど、嬉しくもあるんです」

「私、これまで誰かの役に立ったこととか全然ないんです。だから十和に必要だって言われて嬉しかったんです。期待してもらっているのなら、治癒要員でもおとり役でもやりますよ。それに十和が龍ヶ崎家の警備は完璧だと言っていたので、そんなに不安はないです」

「嬉しい？」

「そうですか。楪さんはお優しいのですね」

「自分勝手なだけですよ。絶対私よりも適任の人がいるはずなのに、こうしているんですから」

そう言ったが、君原は首を振った。

「それでも、やはり私はあなたを優しいと思いますよ」

君原は孫を見るような目で楪を見ていた。その表情に祖母を思い出し、楪は照れたように頬を染めながら「ありがとうございます」と感謝を口にした。

「そろそろ戻らないと十和様が心配しますから、帰りましょうか」

「そうですね」

十分休息になったので家の中に戻ろうとした時、手に持ち歩いていたスマホが震えた。

実は先ほどからずっと気がついていたのだが、画面を見るのが怖かったので無視し

ていた。戻る前に一度目を通しておこうと目をやると、夥《おびただ》しい数の着信が入ってい
た。そのほとんどが両親からのものでげんなりする。メッセージも多く、薄眼で見た
限りかなりご立腹のようだ。
その中で、姫花からのメッセージが一件だけ入っていた。
【監視されているから電話はできないかも。落ち着いたら学校で話聞かせてね！　絶
対だよ！】
ほんの数分前に送られてきたメッセージはいつも通り明るいもので安心すると同時
に、監視されているという言葉が引っかかった。
恐らく監視しているのは両親だろう。
電話をすれば両親のどちらかが出るようなのでできない。メッセージも見られてい
るかもしれないので、当たり障りのない返事を打ち、じゃあ学校でと締めくくる。
「ごめんなさい、君原さん。戻りましょう」
またあの廊下を歩くのは嫌だったが、あそこを通らないと戻れない。
気合を入れて家の方へ足を向けた。
「あら、もしかして楪さん？」
今しがた家から出てきたのは夢子だった。可愛らしく小首を傾げ、薄い唇を上げて
笑う。

「夢子さん？」

「こんにちは、もう一度会えて嬉しいです」

入口の方が騒がしくなった。他に誰かが出てくるかもしれない。

「少しお話しませんか？　こちらへ」

夢子に連れられて入り口から離れ、家から出てくる客に楪たちの姿が見えない位置まで移動した。

「ごめんなさい、連れ出してしまって。どうしても楪さんとお話してみたかったの」

「どうして私と？」

「十和さんとお話しているのを見て、ふたりは本当に想い合っているんだなとわかったから。ほら、十和さんってちょっと他人と線を引くところがあるでしょ？」

そうだろうか。十和との付き合いが数日の楪では知らないことが多い。それを夢子は知っているのだろう。彼女の言葉には十和への親しみが込められている。

「十和さんのこと、好き？」

「えっ」

急に聞かれ、つい声をあげた。

夢子の不思議そうな顔に慌てる。

婚約者なのだから、ここは好きだと即答すべきところだった。不審がられる前に答えるべきだと思うのに、かあっと顔が熱くなるだけで口が空回る。好き、などと口にしたことは人生で一度もないのだ。本人に伝えるわけでもないのに緊張で手汗が滲む。

真っ赤になりながら「あの、あの」と繰り返す様は滑稽だっただろう。そんな楪を見かねたのか、夢子は優しく笑いながら首を振った。

「そのお顔を見ればわかりますね。野暮なことを聞きました」

どんな顔をしているのか、羞恥心から顔を隠したかったが、失礼に当たる気がして曖昧に笑うことしかできなかった。

「龍ヶ崎家を支えるもの同士、これからはよろしくお願いします」

夢子がそっと手を差し伸べてきたので握ろうとすると、ふわりと楪の肩口から水色の蝶が飛び出した。夢子は突然現れた蝶に目を丸くして、その不規則な動きを目で追う。

「これは、十和さんの式神ですか？」

「そうです、ちょっとの間貸してもらっていて」

「へぇ、いいですね。こんな綺麗な蝶と共にいられるなんて羨ましいです」

蝶を愛でるように追う夢子は、自称婚約者襲撃事件を知っているのか疑問に思った。十和は龍ヶ崎の人間は知っていると言っていたから、近しい関係らしい夢子にも話しているのではないだろうか。

婚約者筆頭と言われていた夢子が襲われる確率は高い。なにか周りで変事はないかと尋ねてみるべきだ。

「龍ヶ崎の婚約者というか、特殊な血筋の当主の婚約者は危険が付き物ですものね」

投げかけようとした質問は、夢子のひと言で呑み込んだ。

「どういうことですか？」

「十和さんから聞いていませんか？　龍の血が入った龍ヶ崎家や鬼の血が入った百鬼《なきり》家など、特殊な家は力を持ち、それだけ敵も多い。力の弱い婚約者は敵の狙い目になります。十和さんと結婚するのは危険と隣合わせになるということなんです」

夢子は真剣な顔をした後にすぐに笑顔に戻った。

「でも、その式神がいるかぎり問題ないですね。守ってもらえていいですね」

なんだか夢子の言葉に棘《とげ》があるような気がした。気のせいかもしれないが、すっと胸が冷えるような嫌な感じだ。

「あ、はい。そうですね。私は強くはないので……」

「敵の狙い目にならないように気をつけてくださいね。ほら、十和さんのお邪魔になったら困りますもの」

伝えたい思いを吐き出して満足した夢子は優美に会釈をすると、去っていった。

その背を目で追いながら楪は「うーん」と口の中で唸った。

忠告はありがたいはずなのになぜか気分が沈んだ。夢子はきっと悪い人ではないと思うのに、一方で首を傾げる自分がいる。

どうしよう、苦手かもしれない。

「どうかしましたか？」

「……いえ」

背後で待機していた君原に声をかけられ首を振る。所詮かりそめの婚約者にすぎないのだから深く考える必要はないと頭を切り替えた。

そういえば襲撃事件に触れなかったと思い至ったのは、十和の元に戻った後だった。

「瑠璃川夢子と話を？　どういった話をしたんだ」

宴会場からの移動中。外で夢子に会ったことを話すと十和が彼女を他人行儀に呼んだので驚いた。

「どういったって、龍ヶ崎家の人間と婚約することの心得的なものでしたね。あの、夢子さんとは、どういうご関係なんですか？」

「どういう……。そうだな。瑠璃川家は祓い屋の名門で、呪符などの呪具と呼ばれるものの製造を得意としているから龍ヶ崎家も懇意にしている。瑠璃川夢子は瑠璃川家の中でもかなりの実力者で、昔から顔を合わせていたな」

「それだけ？」

「ああ。仲は別に悪くないぞ。特別よくもないが」

十和は嘘をついているようには見えない。しかし、夢子から感じる親しみが十和からは感じられない。言葉の通り特別仲がいいわけではないように思えた。

「じゃあ、襲撃事件のことは」

「もちろん知らない。あの話は龍ヶ崎家の者にしか言っていない。他人に話すことではないからな」

そうか、と納得すると同時に、話さなくてよかったと心底ほっとした。あの時話していたらきっと十和から信用されなくなっていただろう。口が軽い女だとは思われたくなかった。

夢子との仲を考えると、今後積極的に関わることはなさそうだ、と安堵して一瞬気が緩んだ。しかし、すぐに力を抜いている場合ではないと気を引き締める。

目的地に到着した車が止まる。

十和が普段生活している本家へとやってきた。

先ほどいたのは催しで使う屋敷だったらしく、十和曰《いわ》くかなり狭いらしい。あの大きさでも椎名家よりは大きかったので、もしかしたら十和は椎名家を見たら犬小屋と勘違いするかもしれない。

龍ヶ崎の本家は、門からして見上げるほど大きい。整備された石段が母屋へと伸びている。

平屋の日本家屋は美しく、見る者を圧倒する。楪は家の見た目の圧に言葉を失っていた。

宴会前に行えなかった両親への挨拶をこの中でするると言われ緊張で吐きそうだった。

いつまでも家の前にいるわけにはいかないので、そろそろ覚悟を決めて入らなくてはいけない。

「もう大丈夫。行きましょう」

「今日はやめておいてもいいんだぞ」

「いえ、今行かないと怖気づいて一生行けない気がするので、ひと思いに行ってしまいたい」

楪が顔を強張らせながらなんとか頷くと、十和は頷き返し、躊躇いなく扉を開けた。

開いた扉の先は、圧巻だった。

左右にずらりと並んだ人々が十和の帰りを待っていた。

「ただいま……」

「おかえりなさい、十和様」

先頭に立っていた四十代くらいの女性がはっきりとした声で挨拶をすると後ろに控

えていた人たちが唱和して頭を下げる。

統率のとれた軍隊を見ているようで、楪は呆気にとられた。

「はあ、気合が入っているのはわかるが、そんなに前のめりになるな」

「そうは言いますけどね、十和様。私は本当に嬉しいのですよ。まさか十和様が婚約者を連れて帰ってくる日が来るとは思っておりませんでしたから」

十和の一歩後ろに立つ楪と目が合うと、その女性はわっと声をあげた。

「楪様、ようこそいらっしゃいました」

「は、はい。椎名楪と申します。よろしくお願いします」

溌剌《はつらつ》とした雰囲気に圧倒されながらなんとか挨拶を返すと、十和が間に入った。

「ここでする話じゃないだろう。とりあえず中に入らせてくれ。ふたりは中にいるか？」

十和の質問に女性は初めて顔を曇らせた。

「旦那様はどうやら任務が長引いているようでお戻りになっていません」

「そうか。それなら楪を部屋に案内してやってくれ」

「もちろん承知しております。この夕凪《ゆうなぎ》にお任せください」

胸を張って言い切った夕凪という女性の案内で屋敷の廊下を進む。季龍に呼ばれた十和とはその場で別れた。

龍ヶ崎家は洗練された雰囲気で、華美な装飾はあまりなく落ち着いていた。

夕凪に案内された部屋は椎名家の居間よりも広い和室だった。家具はテーブルと小さな棚だけだ。ぽつんと置かれた家具のせいか寂しげな印象を受ける。

「ここが楪様のお部屋になります。家具はご本人の意向に沿った方がいいと思い、最低限の物だけを入れております。欲しい家具がありましたらすぐに教えてください」

テーブルの上にカタログがあるのに気がついた。表紙からして安い物はなさそうだ。

「大丈夫です。ありがとうございます」

頭を下げると夕凪は慌てた様子で言った。

「頭を上げてください。私はこの龍ヶ崎家に仕える者。当然のことをしているだけです。それにあなたは次期当主の婚約者。そんなに簡単に他者に頭を下げては駄目ですよ」

「は、はい。すみませ……ん」

再び謝りそうになり慌てて口を閉じると、夕凪は微笑ましそうな目で見てきた。

「髪飾りをいただいて喜んでいらっしゃる時から思っておりましたが、本当に可愛らしい。まさか、あの十和様がこんな愛らしい子をお迎えなさるとは思っておりませんでした」

髪飾り、と言われて記憶が刺激されて思い出した。控室で十和が髪飾りを持ってくる時に話していた女性と夕凪の姿が重なる。

あの場面を見られていたと思うと恥ずかしくてたまらなくなる。

赤くなった顔を見た夕凪が可愛らしい可愛らしいと連呼するので、さらに顔を赤くした。

「楪、入ってもいいか？」

部屋の外から十和の声が聞こえたので扉を開けると、着替えた十和が立っていた。

先日学校で見かけた胸元に紋が入った和服姿だ。どうやら十和はこれから出かけるらしかった。

夕凪と入れ替わりで十和が部屋に入る。

「今から出ることになった。ひとりにして悪い」

「え、ご両親への挨拶は？」

「親父がまだ帰っていないらしい。母さんだけでもと思ったんだが、どうしても断れない任務が入った」

十和はあっさりとした態度だ。この慌ただしさが龍ヶ崎家では日常なのだろう。

「わかりました。私は、ここにいていいんですか？」

勝手に婚約を進めた楪を両親が許すとは思えないので、宴会が終わったら十和の家で泊まることにはなっていた。

とはいえ十和が不在なのにここにいてもいいのかと不安になっていると、十和が当たり前だと頷く。

「龍ヶ崎に樑を傷つける者はいない。力を抜いて過ごしてくれ。それとさっきは悪かった。皆には普通にしていろと言ったんだが、変に張り切ってしまったらしい。驚いただろう」

あの熱烈な歓迎のことを言っているのだと気づき、苦笑が漏れた。

「歓迎されているみたいで嬉しいんですけど、申し訳なさが勝ちました」

「申し訳ない？」

「婚約っていっても契約ですから、あんなに喜んでいるのに騙《だま》しているみたいで申し訳ないです」

「ああ、そんなことか。それなら問題ないから気にするな」

どうしてか聞こうとしたが、頭を撫でられ黙らされた。

「そろそろ出ないといけない」

「うん、気をつけて、いってらっしゃい」

手を振ると、十和は少し驚いた顔をした後に目元を優しく和らげた。見たことがない柔らかい笑みに、樑は片手を上げたまま動けなくなる。

「行ってくる」

どうしてそんなふうに笑うのだろうか。わからないまま楪は十和を見送った。

すると、すぐに夕凪が顔を出した。

「ご両親への挨拶がなくなったので、着替えちゃいましょう」

そう言って夕凪は部屋の奥の襖を開けた。

そこに広げられていたのは、たくさんの服だった。着物の類もあるが、ワンピースなどの洋装もある。

「え、これは?」

「楪様の服ですよ。この中から選んでください。あ、好みの物がなかったらすぐにおっしゃってくださいね。用意いたします」

夕凪は冗談を言っているようには見えない。楪がひと言『好みじゃない』と口にすれば新しい服を新調しそうだ。

金銭感覚の違いにおののきながらなんとか服を選ぶ。

いつも家で着ているのはTシャツに短パンだが、そんな格好でこの家をうろつくわけにはいかない。和装は着慣れないので、悩んだ末に手触りのいい白いワンピースにした。

夕凪に手伝ってもらいながら着替え、惜しかったがワンピースには合わないので髪の装飾も取る。これは十和に返さなくてはいけない。

「では、なにかあったら呼んでください」

着替えが終わると、夕凪はそう告げて出ていった。

人がいなくなった部屋は途端に静まり返る。

「どうしよう」

十和がいないのに家の中を出歩くわけにはいかないが、ひとりで取り残されても暇を持て余してしまう。

部屋の中で暇を潰せるものといったら家具のカタログぐらいだろうか。しかし頼むわけでもないのに見るのもな、と思い直しスマホを取り出すと、桃からメッセージが届いていた。

【龍ヶ崎十和と婚約したって本当？　面白いことになってるね】

「げっ。もう伝わっているの……」

恐らく学校に行く頃には周知の事実になっているだろう。好奇の目に晒されるのは確実だ。

憂鬱な気分になりながら桃に返信していると、部屋の前に誰かが立っていることに気がついた。

夕凪かと思ったが、それならすぐに扉をノックするはずだ。

まさか襲撃者だろうか。警戒しながら立ち上がると、恐る恐る扉を開けた。

部屋の前に立っていたのは綺麗な女性だった。丁寧に作られた人形のような顔をしている。後ろで上品に髪を結い上げ、ひと目で質がいいとわかる着物を身に着けている。その雰囲気ですぐに龍ヶ崎家の十和の血縁だと気がついた。

目を丸くする女性に、もしかしたら楪のことを聞かされていないのかもと疑念が浮かぶ。女性からしたら知らない女が家に上がり込んでいる状態だ。

楪は慌てて手を上げて弁明した。

「すみません、あの私、怪しいものではなくて、十和、さんの、その」

「こ、こちらこそ、ごめんなさい！　ノックしようと思っていたのに全然勇気が出なくて」

突然の親族乱入で気が動転している楪と同じくらい目の前の女性も動揺していた。

しかしすぐに立ち直り、楪の顔を正面から見据えると「十和の婚約者の楪さん？」と聞いた。

「はい、椎名楪と申します」

女性の目に既視感を覚える。薄紫の神秘的な目をここ数日よく見ていた。

「もしかして、十和さんのお母様ですか？」

美しい薄紫色の目が驚きで大きくなる。

「ど、どうしてわかったの？　私、十和にあまり似ていないって言われるのに」

「綺麗で温かい目がそっくりで」

十和の母親は口元に手を当てて「まあ」と嬉しそうに目を細めた。

その笑顔は行ってきますと部屋を出ていった十和とよく似ている。

「そんなふうに言われたの、初めて。あの子は冷たい印象を与えがちだから。きっとあなたの前では優しくいようとしているのかもしれないわ」

不意に車で脅されたことを思い出したが、それ以降の十和は確かに優しかった。

結い上げた髪を彩る髪飾りをもらった時は、特に思いやりが感じられた。

不意に目の下にキスをされたことが頭をよぎり顔が赤くなりそうになったので、慌てて話題を変える。

「あの、どうしてここへ?」

「十和に夕食は一緒に食べられるか聞きたかったんだけど、部屋にいなくて。もしかしてこっちかもしれないと思って来たんだけど……」

「十和さんはさっき任務に行かれましたよ」

「あら、そうなの。それなら、もしかしたら一緒に食べるのは無理かもしれないわね。任務の内容によっては夜のうちに帰れない時もあるから」

「そうなんですね。早めに帰るとは言っていたんですけど」

声が自然と沈んでしまったせいか、慰めるように肩に手を置かれた。

「十和が帰ってくるまでよかったらお話しません？　お暇でしたら、話し相手になってくださると嬉しいのだけど」

少しだけ視線を下げて窺うように見られて断れるはずがなかった。

部屋から移動してやってきたのは洋風の部屋だった。本と花に囲まれた部屋は図書館のような匂いがした。そこへ龍ヶ崎家の使用人が紅茶を運んできたので、部屋の中は一気に紅茶のいい匂いに包まれる。

部屋の中央にある机に向き合って座ると、十和の母親——龍ヶ崎雪《ゆき》は運ばれてきたクッキーをひと口かじった。

「楪ちゃんは、クッキー好き？」

「はい。好きです。甘いものはなんでも好きです」

「そうなのね。私も甘いものは好きで……って、どうでもいいわね。そんなことが聞きたいんじゃなくて、その……楪ちゃんは、十和のどこが好きなの？」

楪は思わずクッキーを潰しそうになった。

ぱきりと折れたクッキーをなんでもないような顔をして口に運びながら、「そうですね……」と思案しているように口の中で呟く。動転しているせいで噛むこともできずにそのまま嚥下《えんげ》し、必死に頭を巡らせる。

夕凪の態度から過剰に歓迎されているなと疑問は抱いていたのだ。雪の言葉で確信に変わった。

恐らく雪や夕凪は楪との結婚が契約だと知らない。もしかしたら襲撃事件のことも知らないかもしれない。

契約なのだとはっきり言っておくべきだと思ったが、雪の期待の籠った目で見つめられると二の句が継げない。

「えっと」

契約の上に成り立っている婚約なので、咄嗟に答えられない。あまり黙ると不審がられてしまうと必死に頭を捻る。

十和は優しく、頼りになる。しかし、それはなんだか安直すぎて答えるのは気が引けた。顔は世界で一番綺麗だと思っているが、好きなところは顔ですねなんて母親に言うべきでないだろう。

「……答えづらいよね。ごめんね」

なかなか答えない楪に雪は困ったように眉を下げた。

「違うんです。ひとつに絞るのが難しいというか……」

「そうなの？」

途端に、雪は目を輝かせて前のめりになった。

「こういうのってあまり聞かない方がいいかしらね。ふふ、ごめんね」

「いえ、いいんです」

十和は気にするなと言ってくれたが、雪を騙しているようで心苦しかった。襲撃犯を捕まえるためには仕方ないとはいえ、十和の母親には真実を打ち明けた方がいいのではと思う一方で、真実を告げて悲しむ様子は見たくなかった。

「十和はね、楪ちゃんの強くて優しいところが好きなんですって。あ、これ、私から聞いたって言っちゃ駄目だからね」

「え？」

「こんなことしゃべっちゃ駄目だったかしら。私、浮かれているわ。十和はもしかしたら一生結婚なんてしないんじゃないかと思っていたから」

「それ、他の人も同じようなことを言っていたんですけど、どうしてですか？　十和はすごくモテて、よりどりみどりなのに」

雪は辺りをきょろりと見渡し、周りに誰もいないことを確認すると楪の方へ顔を寄せた。

「私から聞いたのは内緒にしてほしいんだけど、十和は昔から恋愛結婚がしたいって言っていたの。こういう名家って政略だとかいろいろな下心が結婚に関わってくることが多いんだけど、十和はそんなの絶対に嫌だってずっと突っぱねていてね。その癖に恋愛をしている様子もなくて、このまま一生独り身なんだろうなって考えていたところだったのよ」

「恋愛結婚？」

十和と楪の間に恋愛はないはずだ。雪の話が本当ならば、この婚約はまさに十和が嫌がっているものではないのか。恋愛結婚の夢を諦めるくらい治療してくれる人間が近くにいてほしかったのだろうか。

十和の考えていることがわからなかった。

「十和は、好きな人とかいなかったんですかね」

「好きな人、というか気になっている人はずっといたみたい。もしかしたらそれが楪ちゃんじゃないかと思っていたんだけど、違う？」

楪は答えることができなかった。

十和と楪が出会ったのは数日前なので、ずっと気になる人がいたのならそれは別人だ。

恋愛結婚がしたくて、気になる人がずっといるのに、治療のために楪との結婚を選んだと思うと胸がぎゅっと痛んだ。

十和の体が誰の治癒でも受けられる体だったのなら、もしかしたらその人と婚約していたかもしれない。

ふと、今からでも遅くないのでは、と気がつく。

襲撃事件を解決し、事情を説明すれば龍ヶ崎家の人間はわかってくれるはずだ。その後で婚約破棄をすれば十和は好きな人と結ばれ、楪は家に帰ることはできないので治療役として雇ってもらえばいい。名案だとばかりに頷く。

優しい人だから、幸せになってほしい。

少しだけ胸が痛んだ気がしたが、きっと気のせいだ。


十和が帰ってきたのはそれから五時間後。夕食には間に会わなかった。

龍ヶ崎家当主、十和の父親も急遽《きゅうきょ》長期の任務が入ったようでそのまま帰って来ず、結局夕食は雪とふたりでとった。夕食を食べ終え、雪に促されるまま風呂に入り、部屋でぼんやりしているところにノックの音が響いた。

「どうぞ」と返すと、すぐに扉が開いた。

十和は部屋に入ってくるなり、楪のことを見て一瞬言葉を止めた。

「……ただいま」

「おかえりなさい」

「風呂に入ったのか？」

「うん、ご飯食べた後に雪さんに言われて、先に入りました」

家主よりも前に入ることに気が引けたが、雪も十和も気にした様子はない。

「怪我はない？」

帰ってきた十和は任務をこなしたとは思えないほど出た時と同じく綺麗だった。傷どころか乱れひとつない。

任務といっても激しい動きはしないのだろうか。

「ない、が少し疲れた。癒やしをくれないか？」

治癒には体の傷を治すだけではなく、疲れを癒やす効果もある。楪は頷き、十和の手を握る。

ごつごつした男の手だ。しかし表面は滑らかで傷ひとつついていない。ふっと息を吐くと握っている手がかすかに光り、温かくなる。

じんわりとした光は、疲労を回復する。

「ありがとう。こんなに体が軽いのは久しぶりだ」

「大したことはしていないですよ。これは初歩的なもので……あっ！」

今まで忘れていたが、先日公園で会った時に怪我を治してもらっていたことを思い出した。

「あの時は腕を治していただきありがとうございました。治癒ができる人があまり周りにいないので、あんな簡単に治してもらったのは初めてで、嬉しかったです。お礼が遅くなってしまってごめんなさい」

「普段は、どうしているんだ？」

「保健室で治療します」

「そうか、自分の傷は治せないんだったな」

十和の手が楪の腕をそろりと撫でる。そこには茶色く残っている傷痕がある。

周りの人間を治すことができる楪は、クラスメイトが怪我をするとその傷を治した。しかし自分の傷は治せなかった。どう頑張っても治らず、弱い楪は体の傷を増やしていった。

十和みたいに綺麗な手じゃないことが恥ずかしかった。

そっと手を引こうとすると逆に十和に腕を引かれ、傷痕に口づけられた。

愛おしむように、慈しむように。優しく触れられ一瞬呆けたが、すぐにかっと顔が熱くなる。

「治らないな」

口を離した十和がぼそりと呟いた。

当たり前だ。十和が口づけたのは数年前にできた傷で、痕は残っているが傷自体は治っている。

「な、な、なんで」

「ん？」

「なんで、すぐキスするの」

楪は赤くなった顔を両腕で隠した。

十和はすぐにキスをしてくる。公園や車の中、人の目があっても変わらない。

他国ではキスが挨拶だと言われているが、ここは日本だ。挨拶でキスはしない。楪は好きな人としかキスはしないものだと認識して生きてきた。

十和は昔から気になる人がいるらしい。その相手は楪ではない。それなのになぜ楪にキスをするのかわからなかった。

「他に好きな人がいるくせに」

混乱して、雪に口止めされていた言葉をしゃべってしまった。

次の瞬間、至近距離にある十和の顔がぐっと歪んだ。

「はあ？　なにを言っているんだ」

「……風の噂で聞きまして、ずっと前から気になっている人がいるとか。恋愛結婚しかしたくないとか。だから私、事件が解決したらすぐに婚約破棄を——」

「ちょっと待て」

ぴしゃりと冷静な声が、暴走気味な楪の言葉を止める。

「お前……君は、俺が好きでもない人間に口づけるような男だと思っているのか？」

「い、いや、そういうわけじゃないけど」

「俺は好きな人としかキスしない」

腕の隙間から見えた薄紫の美しい瞳は少しも揺れることはなく、告げられた言葉に楪は混乱した。

頭の中がぐちゃぐちゃで自分がどう答えるべきなのかもわからない。言葉がうまく出てこない。はくり、と口が息だけを吐き出す。

なにを言われたのか理解した時、これ以上ないぐらい顔が熱くなり、叫び出しそうになった。

「私のこと、好きってこと？　なんで？　私たち、この間初めて会ったばっかりなのに」

十和が顔を隠している腕を剥ごうとしてくるので必死に止めながら言うと、十和の手がぴくりと震え、力が弱くなった。

腕の隙間からそっと窺う。十和は複雑な顔をして楪を見ていた。

「……覚えていないのなら別にいい。ただ忘れないでくれ」

目が切なく細められる。

「俺はあの時から楪が一番大切だ」

あの時って、いつ。そう聞きたいのに十和があまりにも切ない声を出すから聞くことができなかった。

「今日は、この辺にしておこう。忙しかったし、疲れただろう。ゆっくり休め」

十和は部屋を出る間際、棵の頭を撫でた。

「おやすみ」

「お、おやすみなさい」

震えそうになる口でなんとか挨拶をすると、十和はふっと笑みを浮かべて部屋を出ていった。

残された棵は赤くなった顔を押さえながら唸り声をあげる。

「明日から、どんな顔をすれば……」

告白などされたことがない。いや、そもそも今のは告白だったのだろうか。好きと言われたわけではない。暗に言われた気がしなくもないが、直接的な表現じゃなかったのでされていないことにしよう。

「……とりあえず、寝よう」

深く考えるのは明日の自分に任せて、棵は布団に転がった。

髪飾りを返すのを忘れたことに気づいたのは、翌日のことだった。

第四章

龍ヶ崎家の当主は土日共に不在で、十和も日曜の午前中から任務が入ったのでほとんどの時間を雪や夕凪などの使用人と共にのんびりと過ごした。

龍ヶ崎家の人は優しく、楽しい休日は瞬く間に終わり、本日から学校が始まる。

外は雲ひとつない晴天だというのに、楪の内心は憂鬱の曇天だった。

現在、楪は季龍が運転する車で学校へ送ってもらっている。隣に座っている十和はこれから任務らしい。

「はあああ」

「でかいため息だな」

「だって……」

十和と婚約したことは恐らく学校中に広まっている。横目で見られながらひそひそと話されるところを想像すると嫌な気持ちになった。

「人の視線なんて気にしなければいい」

自信に溢れた顔で言ってのける十和は実際、人の視線など気にしないのだろう。

襲撃事件のことがあるので送ってもらっているのだが、こんな高級車で楪が登校すれば噂話は加速しそうだ。

「妹と話すんだろ？」

「はい……」

「なにかあったらすぐに電話していいから。任務中でも楪からの電話には出る」

「いや、任務はちゃんとして」

じっと見つめてくる十和に思わずうっと声が詰まった。

土曜日に告白まがいのことをされてから十和は感情を隠す素振りがない。言動もそうだが、目が雄弁に語りかけてくる。

薄紫の綺麗な目が優しく細まると、楪はどうしていいのかわからなくなる。

なぜそんなに想われているのか教えてくれない。人違いでは、と思ったが、それも十和に否定された。

「お守りはきちんと着けているな」

「はい、着けてます」

そっと髪に触れると小さなピンが付いている。守りの術を施したピンで、なにかあった時に発動するようになっているらしい。

可愛らしい見た目のピンの周りを水色の蝶が飛ぶ。式神の蝶は龍ヶ崎家ではまるで空気のように消えてしまうのだが、家を出るとどこからともなく現れた。

ゆったりと顔の前まで来た蝶を人差し指に止まらせる。羽を休ませている様を眺めていると、ふと疑問が浮かんだ。

「この子って名前はあるんですか？」

「ない。即席で作ったものだからな」

十和はそう言った後、口角を上げた。

「楪が付けてやってくれ」

「え、いいんですか？」

「ああ、もうこの式神は楪のものだから、楪が名付けるべきだ」

十和に託された式神に名前を付けるのは責任重大だ。楪はごくりと生唾を呑み込み式神の蝶をじっと観察する。

なんという名前がよいだろうか。素敵な名前にしたい。

ひらひらと舞うような飛び方は優美で、羽ばたく様子は水面の波紋を彷彿とさせる。

この美しい姿に見合う名前を付けたいが、なかなかいい案が浮かばない。

眉間に皺を寄せ始めた楪を十和が笑う。

「そんなに悩むことはない」

「でも一生のものだから」

楪の答えに十和は「確かに」と頷いて、一緒に考え始めた。

「見た目が水っぽいので、水関係にしたいんです」

「うーん、そうだな」

ふたりで蝶をじっと見つめながら考える。知識が豊富な十和がぽつぽつと美しい単語を挙げてくれるが、なんだかピンと来ない。

あまりに否定するのも申し訳ないと思い始めた時、蝶が羽を動かした。すると羽が水のように揺らめく。その様子を見ていた十和がぽつりと呟いた。

「浅葱《あさぎ》」

「浅葱って確か青色でしたっけ？」

「ああ、この蝶は基本的に透明に近いが光の加減で色が濃くなる」

椺は記憶を引っ張り出して浅葱色を思い浮かべる。言われてみれば色が近いかもしれない。

「あさぎ、あさぎ」

何度か口にすると、手に止まっている蝶の羽がはためく。

「名前、浅葱にしようか」

椺の問いかけに蝶が飛び立ち、機嫌がよさそうに椺の前で優雅に舞う。

「決まりだな」

十和も満足そうに頷いた。

浅葱は飛ぶのに飽きたのか、椺のピンに飾りのように止まった。なにかあった時のために浅葱も学校へついてくることになっている。

「よろしくね」

楪は新たな相棒に呟いた後、十和の方を申し訳なさそうに見た。

「もらってばっかりで、ごめんなさい」

あの髪飾りは日曜の朝に返しに行ったのだが、贈ったものだから持っていてほしいと言われてしまったので棚の上に飾ってある。

十和から贈られるものに対して、楪はなにも返せていない。

「俺が好きで渡しているんだ。気にするな。といっても気にするんだろうな」

十和は苦笑をこぼした。

「なにかお礼を、と思うのなら敬語をやめて話してほしい」

「そんなことでいいんですか？」

「ああ。プレゼントもいいが、対等に話してくれる方が嬉しい」

十和は顔を綻ばせる。

雪が十和のことを冷たい印象を与えがちと言っていたが、この顔を見たら誰もそんなことを思わないだろう。

「そろそろ学校だな。なにかあったらすぐに連絡してくれ」

「うん。わかった」

逢魔学園に通う生徒の中には名家の人間も多いので、車で通学する人は珍しくない。

なので黒塗りの高級車が校門の前に止まっても誰も注目しなかった。

「じゃあ、行ってきます。十和も気をつけて」

「ああ、いってらっしゃい」

十和の手が頬に伸びてきた。なにをされるか察した楪は素早く扉を開け外へ出た。

不満そうな十和を無視して手を振ると、仕方がないといったふうに息を吐いて手を振り返した。

楪の方が我儘《わがまま》を言っているふうの対応に疑問が浮かぶが、気にせず身を翻す。

すると、その場にいる全員の視線が楪に向いていた。

「え、あの人って、噂の人じゃない？」

「そうだよね。ということは、車に乗っているのが龍ヶ崎様？」

「見たい。見えないかな」

「あの人でしょ、妹の婚約者奪った人」

「性格悪すぎ」

多方面から聞こえてくる声に楪は驚き、咄嗟に車へ逆戻りしかけた。しかし姫花と話さなくてはいけないと思い、学校へと踏み出す。

心配そうに車の中から窺う視線に気づいたので十和に大丈夫だと笑顔を向けると、少しして車は走り去った。そのため、車内を盗み見ようとしていた一部の生徒から不満げな声があがる。

見世物じゃないぞ、と内心呟きながら足を止めずに学校へと入った。

廊下を歩けばすれ違った人全員に見られ、あることないこと囁かれ、教室に辿《たど》り着く頃には疲労困憊《こんぱい》だった。

これが名門中の名門、龍ヶ崎家か、と知名度のすごさをしみじみ実感しながら、ようやく辿りついた教室の扉を開ける。

予想していた通り、教室中の視線が楪に向けられた。それもいいものとは言えない類のものだったが、既に廊下で散々浴びた後だったのでそこまで傷つかなかった。

「おはよう。有名人じゃん」

桃はからかうような調子で言った。

「おはよ。まったく嬉しくないけどね」

「訳あり？」

席に着くと、桃が他に聞こえないように小声で聞いてきたので一度頷く。

「そう。じゃあまた落ち着いたら教えて。面倒ごとが終わった頃に」

「巻き込まれたくないからでしょ」

「当たり前。そういう話は笑い話になった頃に聞くのが一番楽しいのよ。まあ、本当にやばそうだったら相談くらいなら乗るから」

「桃ちゃん……」

つんとしているが、楪が本当につらくなったら駆けつけて助けてくれるのだろう。今だって他の皆が陰口を叩こうが関係ないと率先して話しかけてくれた。その優しさに胸が熱くなる。

「どういうつもりなのよ！」

感動していた楪の横から大きな声が聞こえてきた。きんと刺すように教室中に響く。続いて、般若のような顔をした藤沢とその友人たちが楪を睨みながら声をあげた。

「いったいどんな手を使って龍ヶ崎様に取り入ったのよ」

「あんたじゃ釣り合ってないいんだから今すぐ婚約解消しなさいよ」

しかし藤沢たちの騒ぎはすぐに収まった。楪がやってきたのは朝礼ギリギリの時間で、すぐに担任が教室に入ってきたからだ。

担任の先生も祓い屋のひとりなので楪の騒動を知っているだろうが特に言及することなく、いつものように生徒に座るよう促した。

普段の教室の雰囲気に戻り、楪はほっと息を吐いた。

今日のメインイベントの時間となった。

昼休憩に入った途端に全員の視線から逃れて、教室を出る。

背後から呼び止めるようなきんきんとした藤沢の声が聞こえてきたが、無視をして小走りで図書室を目指す。教室で落ち合うと目立つからと、待ち合わせ場所は静かな図書室にしていた。

昼休憩が始まって直後の図書室は誰もいなかった。

「ゆずちゃん」

楪が部屋に入ってきたすぐ後に小さな体が図書室に飛び込んできた。

「姫花。会えてよかった」

抱きついてきた姫花を抱きしめ返す。

「ゆずちゃん、大丈夫？　龍ヶ崎家で嫌なことされていない？」

「されてないよ。姫花は大丈夫？」

ふたりは机に向かい合って座ると、お互いに近況を報告する。といっても楪が話した内容は、とても健やかに過ごしていますというだけのものだったが。

姫花の話によると、両親は楪に怒り狂っていたが今は大分落ち着き、姫花に対しては婚約者を取られてしまった哀れな妹として気持ち悪いぐらい甘やかしているらしい。

「私の話はいいよ。それよりゆずちゃんの婚約のことが知りたい。あの四十代の男と結婚する予定だったたって本当？」

楪が頷くと、姫花は宴会の時に喚いていた姿を思い出したのか不快げに顔を歪める。

「あんな人と結婚しなくてよかったよ。でもどうして突然龍ヶ崎家の人と婚約する流れになったの？」

「それは……」

契約のことを他者に話すのは禁じられている。姫花のことは信じているが、だからといって話すわけにはいかない。しかし嘘の経緯など説明したくなかった。

どうごまかすべきか悩んでいると、なにかを察したらしい姫花が首を振った。

「話せないのなら、今は聞かない。落ち着いたら教えてくれる？」

「もちろん。ごめんね、落ち着いたら全部ちゃんと話すよ」

それから他愛もない話をしていたら腹の虫が鳴いたので、教室に戻ることにした。

お互い昼食のことなど忘れていた。

図書室から出る直前、姫花が楪を引き留めた。

「ゆずちゃん。嫌なことがあったらすぐに連絡してね。幸せでも連絡して。私に幸せだって笑ってね」

姫花はキラキラと目を輝かせていたが、その顔は少し泣きそうにも見えた。

一日の授業を終え、誰かに絡まれる前に教室を出て校門に走ると、待機していた車に飛び乗った。

「疲れた……」

「お疲れさま」

誰も乗っていないと思っていたのに隣から十和の声が聞こえ、崩れ落ちそうだった体がびくりと跳ね起きる。

「あれ、と、十和？　なんで」

「迎えに来た。といっても、俺はこれから任務があるから途中で降りるが」

「私よりもずっと疲れてそうなのに、わざわざ迎えに来てくれてありがとう。降りるまでに疲れを取ろう」

手を出して、と言うと、すぐに手が楪の手の上に乗せられた。

「疲れてはいないが、お言葉に甘えて癒やしてもらおう」

「任せて」

優しく両手で包み力を込めると、手がかすかに光り熱を帯びる。いつもなら数秒で終わるが、ちらりと盗み見た十和が静かに目を閉じていたので、そのままの姿勢から動けなくなった。

術は終わったのに、手が離れない。握っている熱が引いていくので治癒が終わっているとわかっているだろうに、十和は手を離そうとしなかった。

「あ、あの」

対処に困って恐る恐る声をかけると、十和は目を開け意地悪く口角を上げた。

からかわれていると気づき、すぐに手を離した。

「ずっとこのままでもよかったのに」

「よくないよ。からかわないで」

「からかっていない。本気だ」

じっと見つめてくる目が本気を伝えようとしてくるので、恥ずかしくて咄嗟に視線を逸らし車窓から外を見つめた。

つれなくしても十和は楽しそうに笑い身を寄せてきたが、それ以外は触れ合わなかった。


甘すぎる空気感に、自室に戻ってきた楪は頭を抱えていた。疑っていたわけではないが、どうやら本当に十和に好かれているらしい。

想いを隠さない彼は、楪に触れてこようとする。想いは十二分に伝わるが、好かれる理由は見当もつかない。好意を向けられているのに同じ想いを返せない現状がいいとは思えなかった。

十和に好意はある。しかしそれは友愛や親愛といった類の感情で、恋愛ではない……はずだ。そもそも恋愛をしたことがないので、感情の正解がわからない。

「誰かに相談、もできないし」

はあ、とため息をついた。

「楪さん？　少しよろしいでしょうか？」

「はい、どうしました？」

夕凪の声に居住まいを正すと、焦りを滲ませた夕凪が扉を開けた。

「お休み中のところ申し訳ないのですが、玄関に楪さんの母だと名乗る方がいらっしゃっていて」

「母……」

なぜ母親がここに？

「おかえりいただきますか？」

楪の顔色が曇ったのを見た夕凪がすかさず声をかけてきたが、楪は悩んだ後に首を振った。

「私が話をします。すみません、迷惑をかけてしまって」

「迷惑などではないです。しかしお話するのはいいですが、玄関越しで。なにがあるかわかりませんから玄関は開けないようにしてください」

母親は嫌味を言ってきたり、父親に暴力を振るわれる楪を見て笑ったりしていたが、直接手を上げたことはなかった。

だから夕凪の心配は杞憂《きゆう》に終わると思っていた。

玄関へ向かう途中で聞こえてきた声に、自分がいかに甘い考えだったかを知る。

廊下にはきんきんとつんざくような母親の声が響いている。なにを喚いているのかは聞き取れないが、楪に対する怒りは伝わってきた。それは昔、気絶する姫花をおぶって帰った時と同じような取り乱し方だった。

「やめておきますか？」

夕凪が優しく楪の袖を引く。振り返ると廊下にいた使用人たちが心配そうに楪を見ていた。

その時、安全地帯でぬくぬくしている自分が卑怯《ひきょう》に思えた。

姫花は甘やかされていると言っていたが、明らかに情緒不安定な母親と同じ空間にいてストレスが溜《た》まらないはずがない。

自分だけという思いが、部屋に帰ろうとする足を止めさせた。

「大丈夫です。話します」

玄関前へ行くと、深呼吸をして母親に声をかけた。

「お母さん」

玄関の向こうで騒いでいた声がぴたりと止まった。

「あのさ、ここは龍ヶ崎の家だから、あまり騒ぐと迷惑が……」

「どうしてあなたなの」

「え？」

「どうして姫花じゃないの？　どうやって取り入ったの？　恥ずかしくないの？　姫花が可哀想だと思わないの？　姫花を危険に晒した挙句に、今度は姫花から婚約者を奪って。私たちを置いてさっさと家を出て……今まで育てた恩も忘れたの？　厚かましい子」

母親の声は今まで聞いたことがないくらい低く、嫌な気を纏っていた。

人を傷つけるために吐く言葉だ。母親の言葉には明確な悪意があった。

「あんたはいつも悪いことしかしない。そんなしょうもない能力で恥ずかしげもなく龍ヶ崎家の婚約者を名乗っていいと思っているの？　今すぐに姫花と替わりなさい」

母親の言葉を聞いていると自分は呼吸さえしてはいけない存在のように思えてきた。息を止めて、じっと扉の方を見詰める。それしか許されない気がした。

体の芯が冷えてきて、泥の中に沈むような錯覚に陥る。

玄関越しで見えないのに母親がどんな顔をしているのか楪にはわかっていた。

あの時と同じ顔。気絶した姫花を背負って帰ってきた楪に向けた怒りと侮蔑の入り交じった顔。その顔で睨んでいるのだ。

母親はあの時からずっと楪を責め続けている。

「お言葉ですが」

不意に凛とした声が響いた。

「楪さんは龍ヶ崎家次期当主に婚約者として選ばれた方です。そんなふうにおっしゃるのはやめてください」

いつの間にか隣にやってきていた雪がじっと玄関を見据えながら言葉を吐き出す。その顔は平時の朗らかな様子からは想像できないぐらい威厳がある。

「あなた誰よ、あなたには関係ないわ。これは家の問題で」

「私は龍ヶ崎家現当主の妻、雪と申します。関係ないとおっしゃりますが、ここは龍ヶ崎家で、楪さんは息子の婚約者です。いくら母親でもあなたの暴言を許すことはできません。どうぞ、お引き取りを」

母親が反論しようとする空気が伝わってきたが、それよりも早く雪が追撃した。

「もう一度言います。ここは龍ヶ崎の家です。一介の術者ごときが踏み入れていい地ではない。それがおわかりになりませんか？　楪さんの母親だから招き入れたのです。あなたが汚い口を利くのならここにいるべきではない。早くお帰りを」

その声に母親は少しだけ冷静さを取り戻したようで、ぼそぼそと聞こえないくらいの声量でなにかを呟きながら玄関の前から去っていった。

足音が完全に聞こえなくなった瞬間、楪はその場に崩れ落ちかけた。

「ああ、大丈夫？　楪さん」

「大丈夫です。ごめんなさい」

雪と夕凪に支えてもらいながら近くの部屋に入ると、ソファに深く腰掛ける。

「顔色が悪いわ。なにか飲み物を用意しましょうね」

「大丈夫です。少し休めば治るんで」

楪は雪たちの顔をまともに見られなかった。

自分で話をすると夕凪に言っておきながら結局なにもできなかった。ただ黙って母親の言葉を受け止めていただけだ。いや、受け止めることさえできなかった。雪が入ってこなければ、玄関の床にみっともなく崩れ落ちていたかもしれない。

情けなくてたまらなかった。

「すみません、本当に。ご迷惑をおかけしてしまって」

「迷惑なんかじゃないわ。楪さんが謝ることなんてなにもないんだから、そんな顔をしないで」

雪の優しい手で背を撫でられると自分が本当にちっぽけな人間に思えた。

「楪様の親だからとお通ししたのが間違いでした。申し訳ありません」

夕凪の顔には後悔が滲んでいる。

「そうね。あちらが落ち着くまで会わないほうがいいかもしれないわ」

ふたりは母親の言葉の意味や事情についてなにも聞いて来なかった

楪が顔を上げると、雪の優しい微笑みが目に入った。その表情からは先ほどの威厳のある雰囲気が抜け落ちている。

「雪さんは、強いですね」

ぼんやりと言葉を吐き出すと、雪は驚いた顔をした後に目を逸らした。

「そ、そうかしら」

「雪さんはいつも穏やかだから、さっきは凛としていて驚きました」

「あらあら、えへへ。凛としてた？　そうかしら」

んふふふと照れた様子は可愛らしい。

ひとしきり照れ笑いした雪は、こほんと咳払いをした後に真剣な表情で楪と向き合った。

「あのね。楪さん。私は元から強かったわけじゃないし、いつも強くいられるわけじゃないの。あんなふうにひどいことを言われたら悲しくてつらいし、反論できないことも多い。でもね、私は龍ヶ崎家の当主の妻で、彼がいない時はここを守らなければいけない。だから強くなきゃいけない時があるの。だから頑張って虚勢を張る。それだけで人は少し強く見えるから」

雪は表情を和らげた。

「それにね。今回は楪ちゃんがいてくれたから」

「え？」

「守りたい人がいると不思議と人は強くなれる。さっきの私が強く見えたのなら、それはあなたを守りたかったからよ」

強くあり続けなくてもいい。ただ、ここぞという時は強くありなさい。

雪の言葉はまっすぐに楪に届く。

どれだけ弱くても、誰かを守ろうとする時に強くあればいい。それはずっと楪が求めていたことのように思えた。大切なものを損なわないように、誰かが悲しまないように。

龍ヶ崎家当主の妻として雪にはたくさん背負うものがあるのだろう。薄紫の美しい目には計り知れない覚悟が見えていた。

「きっとこれから大変なことやつらいことがたくさんあると思うけど、泣きそうな時ほど上を向きなさい。相手に弱みを見せちゃ駄目よ」

雪の言葉を胸に留め、深く頷いた。


いつ帰ってくるかわからない当主や十和を待っていると食べるのが遅くなるので、今日も雪とふたりで夕食を取ることになった。

夕食を取るのは広い洋間だ。ダイニングテーブルに向かい合って座り他愛もない話をしながら、運ばれてきたご飯を食べる。

当主は和食が好きらしいので当主がいる時は和食中心になるが、不在時は洋食や中華となんでも出てくる。こちらは雪の要望らしい。

「和食も好きなんだけど、他の物も食べたくて」

「ここのご飯はなんでも美味しいですね」

「そうなの。だからいっぱい食べちゃってすぐに太っちゃうの。楪さんも気をつけて」

今日は洋食で、目の前には大きなハンバーグがどんと鎮座している。かなり大きくて、食べられるだろうかと不安がよぎる。

凄まじい存在感を放つハンバーグを雪は幸せそうに食べている。昨日も思ったが、雪は細い見た目に反して大食いだ。気持ちのいい食べっぷりを見ながら、楪も切り分けたハンバーグを口に運ぶ。

口に入れた瞬間、肉汁が溢れた。肉の旨味と酸味のあるソースが口の中に広がり自然と口角が上がる。

「こんなに美味しいハンバーグを食べるのは初めてです」

感動と驚きが一緒に来て顔がにぎやかになる。

「そうよね。このハンバーグは世界で一番美味しいの」

雪は楽しそうに笑った後、少しだけ言いにくそうな顔をした。まるで大切な宝物を見せるような慎重さで楪に秘密を打ち明ける。

「あのね。このハンバーグは私が一番好きな料理だから楪さんにも食べてほしかったの。喜んでもらえてよかった」

嬉しそうに微笑む雪の言葉にきゅんと胸が鳴った。

夕凪を含めた使用人もそうだが、十和の母親である雪もどこまでも楪に優しかった。どこの馬の骨ともわからない人間が突然現れて息子の婚約者を名乗ったら普通はもっと警戒するはずだ。もし楪が同じ立場だったならここまで親切にはできないだろう。

「どうして、そんなによくしてくださるんですか？」

箸を置いて真剣に問いかけると、雪は不思議そうに首を傾げた。

「よくしているつもりはないの。ただ私が楪さんと仲よくなりたいのよ」

「十和の婚約に少しも反対しなかったんですか？」

「しなかったわ。だって私の自慢の息子が選んだ人だもの。きっと素敵な人だろうと思っていたわ」

雪の顔からは十和への愛情と全幅の信頼が見て取れる。息子を信じているからこそ、その婚約者である楪のことも信じているのだろう。

楪は、その信頼を裏切っている。

本当の婚約者だと嘘をつき、この場に居続けるのは許されない。早く真実を告げた方がいい。それが正しいとわかっているのに、真実を知った雪から冷たい目を向けられるのが嫌だった。雪から向けられる温かい愛情が消えてしまうのが怖かった。

ぎゅっと膝の上で手を握りしめる。

「それにね、最初に言ってくれたよね。綺麗で温かい目が十和と似ているって。私達の目って珍しい色をしているでしょう。人は自分と違うものを嫌がる傾向にあるからすごく嫌な目で見られたこともあった。冷たく見えるみたいなのよ、この目って。変な目の色だって貶《けな》されたことも多かった」

「うそ……そんなに綺麗なのに」

「ありがとう。本心だろうなってすぐにわかったから、嬉しくてたまらなくて、その瞬間に私は楪さんと仲よくなりたいって思ったの」

きゅっと喉の奥が変になった。ああ、泣きそうなのだと気づく。

こんなふうに愛情を向けられたことはなかった。十和が向けてくれるものとも、桃や姫花とも違う柔らかく温かい愛情に体が震える。

「ごめんなさい、うまく表せなくて」

「十分よ。すごくすごく嬉しい」

ふたりは泣き笑いのような顔をしてハンバーグを食べた。どの料理も美味しくて、食べられないかもしれないと思っていたのに皿は空っぽになっていた。

夕食後に運ばれてきたカフェオレを飲みながら談笑していると玄関が開く音が響き、その後に数人の話し声が聞こえてきた。

「十和が帰ってきたのかしら」

それにしても玄関の方が騒がしかった。

雪と顔を合わせ立ち上がると、扉が音を立てて開いた。

「お食事中失礼します！　大変です。怪我人が出ました」

そう叫ぶように言ったのは使用人のひとりだった。

怪我人と聞き、一瞬背筋が冷える。

頭に浮かんだのは、楪にしか怪我を治すことができない十和のことだ。

「十和は？」

「無事です。楪様を呼んでこいと」

その言葉に頷き、使用人に続いて廊下を走る。後ろから雪もついてきている。

玄関には、見たことがない人たちがひしめき合っていた。数人が焦った様子でなにかを喚いている。尋常じゃない取り乱し方に嫌な予感がよぎる。

「楪、こっちだ」

玄関のすぐ隣の部屋が開き、十和が顔を出した。その顔はいつもと変わらない。使用人の言葉通り無事らしい。しかし、上げられた右手が赤く染まっていることに気がつき、ぎょっとした。

「ど、どうしたの。その手」

「大丈夫だ。これは、彼女の……」

十和が顔を向けた先、部屋の中央にひとりの女性が寝かされていた。

「夢子さん？」

それは、瑠璃川夢子だった。

近寄ってみると、顔が青白く、力が入らないようでぐったりとしている。そしてその腹辺りの布は真新しい血でぐっしょり濡《ぬ》れている。

夢子の近くに立ち、意識を確認しようと目の前で手を振ると、うっすらと開いた目が宙をさまよう。荒い呼吸をこぼす口がなにかを呟くが、声にはならない。

「わかりますか？　今から治しますからね」

そっと服に手をかける。

「十和は出て」

「わかった」

十和が立ち上がり部屋から出ていこうとした時、開いた扉から人が雪崩《なだ》れ込んできた。先ほど玄関で喚いていた人たちだ。

かっちりしたスーツを着た男たちは痛ましそうに夢子を見た後、隣に座る楪と立ち上がる十和に視線を向けると、ぎょっとした様子で声をあげた。

「なぜその女がそこにいるのですか？　十和様が治療を施してくださるのではないのですか？」

「治療は楪が担当する」

十和がなんでもないように言ってのけると、男たちはこの世の終わりとばかりに喚き出した。

「なぜです。夢子様がどうなってもいいということですか？　死んでしまってもかまわないのですか？」

「そうじゃない。……楪、治療を」

「は、はい」

男たちは十和にやってほしいようだが、躊躇っているわけにはいかない。そう思い手を伸ばそうとした時。

「触るな！」

爆ぜるような怒号に手が止まる。

「お前のような女が夢子様に触れるな」

「そうだ。能なしのくせに十和様の前でいい格好したいだけだろう」

「今すぐに離れろ！」

ひどい言われようだ。どうやら男たちは瑠璃川家の人間で、楪のことを毛嫌いしているらしい。

触るなと怒鳴られても、今は夢子の傷を治すのが先だと無視をする。すると、怒り狂ったような男たちが阻止しようと立ち上がる。

「止まれ」

部屋の中に静かに落ちたその声だけで男たちの動きが止まる。

「お前たちはさっきから誰に口を利いている？　この龍ヶ崎十和の婚約者だぞ。それがわかった上での発言か？」

「い、いえ、その」

「能なしと言ったか？　誰のことだ？　まさか楪ではないだろうな」

十和の威圧感に男たちが喘《あえ》ぐように呼吸を繰り返すのを横目に楪は夢子に向き直る。今の様子からして男たちは外へ出ていかないだろう。

自分の体で夢子の体をできるだけ隠し、服を捲って傷を露わにする。

腹部は鋭い爪で引っかかれたように抉れていた。そこから赤黒い血が噴き出し続けている。

思っていたよりも傷は浅そうだ。これならばすぐに治せる。

楪は傷に手を翳し、ふうと深く息を吸って吐き出す。

すっと周りの音が波のように引いていく。自分の呼吸を聞きながら傷に力を込めると手が温かくなり、傷口に光の花が咲く。それがどんどん傷口を修復していく。

治療は、一分とかからなかった。

「終わったよ」

振り返ると、全員の視線が楪の手元に注がれていた。夢子の衣服は整えているので見えていないはずだ。なにが気になるのだろうと不思議に思っていると、男のひとりが呆然とした様子で呟いた。

「すごい……」

つい漏れてしまったというような声に、男たちはお互いに視線を交わす。

「あんな光は初めて見た」

「あの大怪我を一瞬で?」

「能なしという噂ではなかったのか」

ひそひそと囁かれる言葉たちに目を白黒させる。男たちの声から非難の色は消え、驚きなどの中に称賛が交じっている。

なにがなんだかと首を捻っていると、隣に来た十和が教えてくれた。

「ここまで高度な治癒を使える人間は少ないから驚いているんだろう」

「え、でも十和も治せるよね?」

「小さい傷はな。ここまでのは無理だ」

そうなのか、と目を見開く。

楪はこれまで能力を評価されたことがなかった。椎名家では結界術や妖魔を祓うために術を身につけられなければ評価されない。治癒ごときではなんの役にも立たないというのが椎名家の見解だ。

なのに、ここではそれが覆った。椎名家がいらないと捨てたものを十和は大切にすくい上げた。

「楪に頼んでよかった」

「急に呼ぶから十和が怪我したのかと思った。十和は、怪我はない？」

「ない。そもそも俺の任務と彼女の怪我は関係ないんだ」

隣で目を閉じていた夢子が身じろいだ。意識が戻ったのだろうと覗き込むと、薄っすらと目を開け天井に視線を這わせている。

「夢子様！」

男たちが楪を押し退けて隣にやってきたので、楪は大人しく横にずれる。十和がむっとしているのに気がつき、苦笑がこぼれる。

「目が覚めましたか、夢子様」

男たちの中のひとりが心配そうに夢子の様子を見ながら声をかける。

「ここは？」

「龍ヶ崎様の自宅です。夢子様は怪我をされて……」

「龍ヶ崎……十和さんの？　十和さんはどこ？」

夢子の目が男たちの中をさまよい、やがて近くに控えている十和で止まった。その瞬間、花が綻ぶのを見た。

「十和様」

安堵と愛しさが交じったような微笑みが夢子から漏れ、その口が十和の名前を呼ぶ。まるで恋人を呼ぶようなとろりと蕩《とろ》けた声色に、楪は居心地の悪さを覚えた。

「なにがあったか覚えているか？」

夢子の声に対して、十和のそれはどこまでも冷淡だった。その声に夢子は冷や水を浴びせられたような顔をして起き上がった。

「あの、すみません。私ったら寝ぼけていたみたいです」

「いい。それで、なにがあったか教えてもらえるか？」

「はい……。実は家で本を読んでいた時に庭からやってきた何者かに襲われたのです。あまりに突然で犯人を祓うこともできず、逃がしてしまい申し訳ありません。妖魔であるのは間違いないと思ったのですが、その後に女の声が聞こえたのです」

「女の声……」

それは襲撃事件と類似している。

「それで悲鳴を聞きつけた使用人たちが助けてくれたのですが、瑠璃川家には治癒ができる者がおりませんので、十和さんのところへ連れてきたのだと思います。そうですよね？」

瑠璃川家の使用人だという男のひとりが頷く。

「十和さん、傷を治していただきありがとうございます。こんなに綺麗に治るなんて流石です」

「礼なら楪に言ってくれ。治したのは俺じゃなくて楪だ」

「え……」

その時初めて夢子の視線が楪に向けられた。ここにいることすら今気づいた様子だ。それだけ夢子の視線には十和しか映っていなかった。

夢子はすぐに驚いた表情を引っ込めると愛想のいい笑みを浮かべた。

「そうだったのですね。楪さん、ありがとうございます」

「い、いいえ。大したことはしていないので」

「傷は割と深かったはずですよ。突然襲われて驚きながらお腹を見ると血が溢れていて、止まらなくて。腸が出るんじゃないかと恐怖を覚えたんです。このまま死んじゃうんだと思いました。それで、私……」

夢子は途中で言葉を止め、顔を覆った。手が震えている。その震えが肩まで達した頃に、彼女が泣いていることに気がついた。

「怖かった……すごく……怖かったんです……」

震える声で訴え、次第に嗚咽《おえつ》が漏れ始める。使用人が夢子の肩に触れようとした時、顔を上げた夢子は泣き濡れている目で十和を見た。そして震える手を十和に伸ばし、袖を緩く引く。

「十和さん……あの、少しだけ、少しだけでいいから一緒にいてくれませんか？　私の震えが収まるまでおそばに。どうか、抱きしめてはくれませんか？」

そして夢子は悲しげな目を次は楪へ向け、懇願するように言葉を吐き出す。

「婚約者の前でこんなことを言うのはひどいとわかっています。でも、今だけ、お願いします」

夢子の目からは次々と涙が溢れている。

夢子は十和が好きで、悲しみを好きな人の腕の中で癒やしたいのだ。

「お願いします、楪さん」

嫌だな。そう思ったことに驚く。

契約上ではあるが、婚約者という立場からなら嫌だときっぱり言える。しかし、なぜ嫌なのかもわからない状態で否定することが楪にはできなかった。

汗の滲む手をぎゅっと握りしめ、溢れ出しそうな不快感を押さえつける。

「楪、先に部屋に帰って休んでいてくれ」

聞こえてきた言葉に絶望感が押し寄せてきた。震えそうになる口を必死に動かす。

「はい、失礼します」

十和がどんな表情で言っているのか見るのが怖くて、足早にその場を去る。

視界の端に映った夢子は勝ち誇ったように笑っていた。

自室に戻ると、扉を後ろ手に閉めてその場に膝を抱えてうずくまる。

夢子の恋する目を真正面から見て怖気づいた。

十和は楪のことが好きだと言う。しかし楪は十和のような質感の感情を同じように返せる気がしていない。十和が夢子を抱きしめるのが嫌だと思うのに、それが恋しているからなのか、それともただの独占欲なのかわからない。

そんな中途半端な気持ちを見破られたくなくて、逃げ出した。

いや、本当は違う。

十和は優しいから、震えている夢子を放っておけないだろう。あの細い体を十和が抱きしめるところを見たくなかったのだ。

「情けない……」

その時、不意に扉がノックされて体がびくりと跳ねた。

部屋に入ってきた十和の表情はいつもと変わらない。

「十和？」

「夢子さんは？」

「傷も治ったから家に帰るらしい。なにかあった時のために君原に送らせた」

「そっか、大丈夫になったんだ」

十和が抱きしめて慰めたことで安心して帰ったのだと思うと気分が重くなった。

「ああ、瑠璃川家は祓い屋の名門だ。妖魔に襲われるなど初めてではないだろうし、使用人たちもそばについている」

なんでもないように言った十和はすぐに話題を変えた。

「それはそうと楪は大丈夫だったか？　母親が来たと聞いた」

そういえば、そんなこともあった。

夢子が運ばれてきたのがあまりにも衝撃的で頭から抜けていたが、母親が龍ヶ崎家に来たのはほんの数時間前だ。思い出すと胃の辺りが重くなるので考えたくなかった。

「大丈夫。なんともなかったよ」

「本当に？　悪いが夕凪から話は聞いた。隠しても無駄だぞ」

「大丈夫だよ。雪さんが追い払ってくれたおかげですぐに帰ったから、ここにも入ってきていないし」

「それでも、ひどいことを言われたと聞いた。玄関扉越しだろうがなんだろうが、傷つくだろう」

楪は確かに傷ついていた。弱音を吐き出したい気持ちはあったが、首を振った。

「大丈夫だよ。でも治癒で少し疲れたから休もうかな」

母親の襲来と夢子のことで楪の心は摩耗していた。それに十和が夢子を抱きしめたかもしれないと思うと、もやもやして気分も悪い。今はひとりにしてほしかった。

十和は心配そうにしていたが、よほど楪が疲れた顔をしていたのだろう。すぐに部屋から出ていった。

夢子を抱きしめたかどうかは、怖くて聞けなかった。


翌日、起きると十和はいなかった。急遽任務が入って早朝に出ていったらしい。

顔を合わせづらいなと思っていたのに、いざ会えないとなると寂しかった。そんな勝手な自分が嫌でたまらない。

「はあ」

「どうされたんですか？　元気がないようですが」

学校が終わり、することもないので部屋でぼんやりしていると、気を利かせた夕凪が紅茶を持ってきてくれた。話し相手になってくれるようで部屋に留まっている。

いい香りが部屋中を包む。温かい紅茶を飲むと少し気持ちが落ち着いた。

「夢子さんの体調は大丈夫かなって」

十和が夢子を抱きしめたかもしれないのが引っかかり、もやもやしているとは言えなかった。代わりに思い浮かんだ言葉に夕凪が答える。

「問題なさそうでしたよ。ひとりで歩いていらっしゃいましたし」

「夕凪さんも夢子さんのことを知っているんですか？」

「ええ。私は龍ヶ崎家にお世話になって長いですし、瑠璃川家とは昔から関わりがありますからね。おふたりが小さい頃から知っていますよ」

小さな時から十和と夢子は共に過ごしてきたという。十和は特別仲よくないと言っていたが、大切な存在だったのかもしれない。

「ふたりは仲がよかったんですか？」

恐る恐る尋ねると、楪の不安を察した夕凪が安心させるように笑みを浮かべ首を振った。

「悪くはないですが、気安い関係ではないですよ。混血の家系はその特異さから壁を作られることも多いので」

「特異さ？」

引っかかりを覚えた単語を口にすると、夕凪ははっとした様子で目を見開いた。すぐに口元に手をやりごまかすように微笑む。

「龍ヶ崎家は術者の中でも特筆して力が強く、権力もあるので気を使われるんですよ。粗相があってはいけませんからね」

夕凪は動揺しているのかいつもより早口だ。

「そんなことより、ここでの生活はどうですか？」

夕凪はいつも楪の言葉を待ってくれる。ここまで急に話題を変えることはない。なにかを隠しているようだったが、偽物の婚約者の立場では聞くことができないと思い会話を続ける。

「楽しいです。皆によくしてもらっているので」

「寂しくはないですか？」

楪は少しだけ言うのを躊躇った。

実家にいた時とは比べ物にならないぐらいに幸福だ。それは偽りではない。しかし時々不意に寂しくなる。

「妹に会いたいなって思う時があります。学校では会えるんですけど、学年が違うのでずっと一緒にいられるわけではないですし」

実家にいる時も両親の前では話せなかったので四六時中一緒というわけではなかっ

た。それでも両親の目を盗んで会話をしたり、こっそりと目配せをする時間は楽しかった。

こんなに離れていることはなかったので、寂しく思うのは仕方がない。

それに十和が多忙で家にあまりいないのも大きい。特に不安を抱えている今はそばにいてほしかった。

思わずため息をつくと、慰めるように夕凪が背を撫でた。

子供にするような優しい手つきにほっと息を吐く。

「すみません、ありがとうございます」

「いいえ、なにかあったらいつでもおっしゃってくださいね」

温かい言葉に頷く。

しかし、不安はずっと消えなかった。


その次の日も十和はいなかった。楪が寝ている時に一度帰ってきたが、また出かけたらしい。

「起こしてくれればよかったのに……」

きっと疲れているから治癒が必要なはずだ。

「気が引けたんでしょう」

夕凪が諭すように言う。

しかし、楪は十和の治療員だ。それなのに肝心な時に寝ていて治療もしないなど許されるわけがない。

「それくらいしか役に立てないんだから」

ぼそりと呟く。言葉が胸に刺さった。

十和の役に立てないのなら楪に価値などない。そんな強迫観念にとらわれ始めていた。

ぼんやりと学校を過ごし、迎えの車に乗り込む。運転手の君原に聞いたところ、まだ十和は戻ってきていないようだ。

「そんなに大変な仕事なんですか？」

「いえ。今回は緊急の妖魔討伐ではなく、新しい呪術道具の作成に関して瑠璃川家で話をしているようです」

「え？」

十和は今、夢子の家にいる。その事実にドキリとした。

仕事だとはわかっている。恐らく夢子ではなく瑠璃川家の当主たちと話しているのだろう。それは理解しているのに、楪の頭は勝手に邸宅で夢子と寄り添って話す十和の姿を想像する。

楽しそうな様子に不快感が込み上げてくる。

「楪さん？　どうしました」

君原がルームミラー越しに窺ってくる。楪は大丈夫だと取り繕い、強張る顔になんとか笑みを浮かべた。

龍ヶ崎家に帰ると、着替えるために一直線に部屋を目指す。すれ違うたびに挨拶をしてくる使用人に会釈を返し、部屋に入ると大きく息を吐いた。

十和は今、なにをしているだろうか。夢子と話しているだろうか。

『抱きしめて』と両手を広げる夢子が脳裏によぎる。怖いと泣けば、十和は誰でも抱きしめるのだろうか、それとも夢子だからなのか。

抱きしめたのを見たわけじゃないのに、楪の中では十和が夢子を慰めたことになっていた。

頭を抱えそうになった時、廊下をばたばた走る音が聞こえてきて視線を上げる。

その音は楪の部屋の前で止まった。

「楪さん！　入ってもよろしいですか？」

夕凪の急いた声になにかあったのかと扉を開ける。すると、目の前に手紙が掲げられた。

「夕凪さんどうしたんですか？」

「これ姫花さんからの手紙です！」

「えっ」

夕凪から手紙を受け取り送り主を確認すると、確かに姫花の名前が書かれている。

なぜ学校で渡さないのだろうと疑問だったが、嬉しそうな夕凪を前にすると些細なことのように思えた。

「よかったですね」

きっと昨日姫花と会えなくて寂しいと漏らしたことを気にしていたのだろう。

ぴかぴかの笑顔を浮かべる夕凪の前で、手紙に貼られているシールを剥ぎ、封筒を開いた。

その瞬間、指になにかが刺さるような痛みが走った。

「いたっ」

反射的に手紙を離すと、床に落ちた手紙がみるみるうちに赤く燃え上がる。

「えっ」

楪が驚いて体を引いたのと同時に夕凪が楪の前に躍り出た。

「楪さん、離れていてください」

夕凪の背中越しに見えた床で手紙はほとんど燃え尽きていた。燃えカスがふわりと浮かび、空気に溶ける。

手紙が燃えつきると火は消えた。床には燃えた跡は少しも残っていなかった。

明らかに普通の火ではない。

「呪いの類かもしれません。すみません、私のせいです。お体に異常はありませんか?」

振り返った夕凪の心配そうな顔に頷いて返そうとした途端、ぐらりと視界が歪んだ。

「楪さん!?」

目が回る。頭が痛い。気分も悪く、立っていられない。

傾いた体を夕凪が受け止めてくれたのを感じたが、楪の意識は深く沈んでいった。


目を覚ました時に目に入ったのは、十和の心配そうな顔だった。

「楪、目が覚めたのか?」

布団で寝ている楪に十和が覆いかぶさっている。

いつも冷静な彼の必死な様子に首を捻る。

思考が鈍く、なぜ十和に心配されているのかわからない。よろよろと視線を動かすと部屋の隅で夕凪が泣きそうな顔で立っているのが見えた。

そこで自分になにがあったのか思い出した。

姫花からの手紙を開けた途端に手に痛みが走り、手紙を放り投げるとなぜか跡形もなく燃えた。

「夕凪から事情は聞いた。恐らく誰かが妹を装って手紙に呪いを込めて送りつけたんだろう。もっと警戒するべきだった」

十和は口惜しそうに顔を歪める。

「本当にすみません。私の注意不足です」

夕凪が体を震わせながら頭を下げる。

「夕凪さんのせいじゃないですよ。姫花からだと思って安易に開けちゃったのは私です」

楪の主張に夕凪が首を振った。

「いえ、私が確認すべきだったんです」

「その話は後だ。それよりも体は大丈夫か？　なにか不調はないか？　医者を呼んだからすぐに来てくれるはずだ」

自分が悪いと主張するふたりの間に入った十和がじっと楪の目を見つめる。不調を見逃さないとばかりに凝視され、どぎまぎしながら体を確認する。

頭はぼうっとする気がするが、それだけだ。封を開けた時に痛みを感じた手もなにもなっていなかった。

「大丈夫。それより十和は？　顔色が悪いよ」

十和の顔は憔悴《しょうすい》しているように見えた。

「なんともない。顔色が悪いのは、楪が倒れたと聞いて生きた心地がしなかったせいだろう」

大きく息を吐き出した十和の体はまだ強張っていた。

楪のことを心配して駆けつけてくれたと思うと、申し訳なさと共に嬉しさが込み上げてくる。

「それでもずっと出かけていたから疲れているよね。少しでいいから休もう」

十和の疲れを取ろうと手を取った。

そこで初めて異変に気がつく。自分の手が恐ろしく冷たい。

嫌な予感がして、触れている十和の手に力を込める。しかし、なんの変化も起こらない。いつもなら柔らかい光が包み温かくなるのに、楪の手も十和の手も冷たいままだ。

――治癒の力が使えない。

その事実に気づき、ぞっと背筋が凍る。

「楪、どうかしたか？」

十和に呼ばれ、視線を手から上げる。

「やっぱりどこか痛むのか？」

よほど楪の顔色が悪いのか、十和の瞳は心配そうに揺れる。

痛みなんてない。ただ自分の唯一の取り柄が失われてしまった。

震えそうになる口をなんとか動かす。

「なんでもない。けど、ちょっと頭が重いかも」

「無理にしゃべらなくてもいい。寝ていてくれ」

十和の手が優しく頭を撫でる。労わるような手つきに涙が出そうになる。

十和には楪の治癒能力が必要だ。だから能力がなくなったのなら言わなければいけない。それなのに楪は告げることができなかった。

いらないと拒絶されるのが怖い。

目に力を入れて涙をこらえ、布団を上まで引き上げると目を閉じた。

「ごめん、少し寝るね」

十和の手から逃れるように寝返りを打ち、壁の方を向いた。

おやすみ、と十和の声が聞こえたものの、言葉を返すことはできなかった。

――楪は扉の前に立っていた。

起き上がった記憶がない。水でも飲みに行きたかったのかもしれないと思い、扉を開ける。

すると、十和が立っていた。

「楪」

十和が楪の名前を呼ぶ。

その声は聞いたことがないくらい冷たい。いつもは温かい薄紫色の目に侮蔑の色が交じっていることに気がつき、体が強張る。

「治癒能力がなくなったらしいな」

息を呑んだ。

なんで、それを。

楪のわかりやすい反応に十和は呆れた様子でため息をつく。

「隠してまで龍ヶ崎家にいたいか？　家の財産目当てか？」

違うと否定したいのに声が出なかった。

「ああ、それとも俺が目当てか？」

嘲るような口調と共に顔を近づけられ、びくりと体が跳ねた。途端に十和が楪を突き飛ばした。

「俺は治癒能力もないお前に興味はない」

倒れ込んだ楪を冷たい目で一瞥すると、踵《きびす》を返してどこかへ行ってしまう。

——待って。

すぐに立ち上がって部屋を出ると、十和の後を追う。十和は走っているわけじゃないのになかなか追いつけなかった。自分の足が重い。

玄関を出て、十和の背に追いついた。

「十和さん」

十和の隣には夢子が立っていた。親しげに腕を絡めて身を寄せ、十和を見上げる目は熱に浮かされている。

十和が夢子を見た。その目は、蕩けるように甘い。いつも楪に向けられていた視線だった。

「夢子」

愛おしむように名前を呼び、夢子の長い髪を梳く。

「お前が必要だ」

十和の言葉に夢子は嬉しそうに笑い、両手を広げる。すると十和も微笑み、夢子の背に優しく手を回す。

仲睦まじい恋人同士のやりとりだ。幸せなふたりの背後にいる楪はただの邪魔者だった。

――やだ。

気がついたら涙が溢れていた。

十和に向けているのが恋愛感情かわからないなんてよく言えたものだ。楪は十和のことが好きでたまらなかった。

恋を自覚した途端に失恋するなんて思わなかった。

──十和、お願い。こっちを見て。

抱き合うふたりを前に、叫びたいのに相変わらず声が出てくれない。

楪は泣きじゃくりながら十和の名前を呼ぶ。届いてほしい。あの綺麗な目を向けてほしい。

──お願い。

「楪！」

体を揺すられ、はっと目が覚めた。

吐く息が荒い。瞬きを繰り返すと涙がぼろぼろとこぼれ落ちた。

「ひどくうなされていたぞ。大丈夫か？」

顔を覗き込んできた十和の心配そうな表情からは冷たさは感じない。

「ゆ、夢？」

いったいいつから夢を見ていたのだろうか。もしかしたらあの手紙も夢だったのかもしれないと希望を抱き、手を持ち上げてみたが、手の温度は冷たいままだ。治癒能力も戻っていない。

そのことに落ち込むと、見かねた様子で十和が言う。

「夢を他人に話すと現実にならないと聞いたことがある。思い出せる範囲でいいから話せるか？」

夢の中で楪を突き放した手が楪の冷たい手を握る。その温度にさらに涙が溢れた。

「すごく怖い夢だった。十和、どこにも行かないで」

「どこにも行かない。楪のそばにいる」

泣きじゃくる楪を十和はぎゅっと抱きしめた。

楪は十和の体温と嗅ぎ慣れつつある匂いに擦り寄り、泣き止むまでその体にしがみついていた。

「ごめん、服がびしょびしょになっちゃった」

心が落ち着いて離れると、十和の肩口は楪の涙で濡れていた。

いくら不安になっていたからといって、怖い夢を見て泣くなんて子供みたいで恥ずかしい。穴があったら入りたいと顔を赤く染めながら頭を抱える。

「もう大丈夫なのか？」

「うん。ありがとう」

十和が残念そうに離れる。

こんな顔をするのは、楪の治癒能力がなくなっていることを知らないからだろうか。

嫌な考えが浮かんだが、首を振って打ち消す。

治癒能力の消失を隠し通すことはできない。ばれる前に話さなければ。楪は、そのためにここにいるのだから。

楪は覚悟を決めて、十和に向き合う。

「十和に言わないといけないことがあるの」

「どうした？」

楪の態度から切迫したものを感じたらしい十和の顔が強張る。

ごくりと生唾を呑み込み、口を開いた。

「あのね、治癒能力が使えなくなっているの。多分さっきの手紙のせいだと思う」

言ってしまった。

十和の反応を見るのが怖くて俯いた。膝に乗っている手が震えている。

夢の中のように侮蔑の籠もった目を向けられたら、きっと泣いてしまう。それでも向き合わなくてはいけない。

ぎゅっと目をつむった楪の頭上から小さく息を吐く音が聞こえてきた。

「そんなことか」

楪は顔を上げた。十和はなんでもないことのように笑っていた。

「命に関わることかと思った」

「治療ができない私なんていらないんじゃないの？」

「そんなわけないだろう。治癒ができなくても一緒にいてほしい」

十和の手が楪の涙のあとを撫でる。

「夢子さんじゃなくていいの？」

ずっと聞けなかったのに、勢いでつい口から飛び出す。すると十和は不思議そうに首を傾げた。

「どうして瑠璃川夢子の名前が出てくるんだ？」

「だって慰めるために抱きしめたんでしょ？」

夢の中で仲睦まじく身を寄せ合うふたりを思い出し、嫌な気分になったせいで責めるような口調になった。

自分勝手な態度を自覚して謝ろうとしたが、それよりも早く十和が口を開く。

「慰めてなんてない。どうして俺が好きでもない相手を抱きしめないといけないんだ。他を当たってくれと言っておいた」

それは完璧な拒絶だった。

「え」

抱きしめないでほしいとは思っていたが、そこまできっぱり拒絶したのは予想外だったので二の句が継げない。

どうやら十和の中には女性を紳士的に慰めるなんて発想はないらしい。そのことに内心喜びがじわりと滲んだ。

楪が夢を見ている間に到着していた術者御用達の医者によると、楪の体に表面上は不調は見られなかった。

しかし、内部に呪術の痕跡が確認できた。

「治癒能力を封じる力でしょうね。かなり簡易的なものなので、長くは続かないかと。恐らく、長くても二日程度でしょうね」

医者の診断に楪は安堵の息を吐いた。

診察の通り、時間の経過と共に段々と手にぬくもりが戻ってきた。

晩御飯の時に雪に報告すると、心底ほっとしていた。どうやら楪が倒れたことを聞いてからずっと心配していたらしい。

能力も戻るようなのでなんの問題もないと思っていたがそれで納得しない人がいた。

「楪さん」

風呂上がりに部屋へと戻ろうとした時、呼び止められ振り返ると夕凪が立っていた。

その顔にはいつもの溌剌さがない。

「申し訳ありませんでした」

夕凪の体は震えていた。自責の念で押しつぶされそうになっているのだろう。

「私は大丈夫でしたし、気にしないでください」

「そういうわけにはいきません。私は、龍ヶ崎家の使用人でありながらご子息の婚約者を危険に晒しました。許されることではありません」

どれだけ悪くないと伝えても夕凪は聞いてくれない。

手紙を開けたのは楪の不注意でもある。手紙の字をもっと確認すればよかったのだ。自分が狙われているという認識が薄かった。

「私は、責任をとって――」

その言葉の続きを察した楪が大きな声で遮る。

「だったら私も責任を取らないといけません！」

「え？」

突然大きな声を出した楪に、夕凪が戸惑いの視線を向けた。

「あの手紙を開けたのは私です。夕凪さんが責任を取ると言うのなら龍ヶ崎家の中で危険物を開けた責任を私も取ります」

「そんな……。あなたが責任を負うことはありません」

「では夕凪さんも責任を負わないでください」

楪の主張はまったく子供の癇癪《かんしゃく》だった。夕凪が我儘な子供を相手にするような目で見てきたが、知ったことかと無視をして続ける。

「私は夕凪さんの笑顔が好きです。優しくてぴかぴかしてて元気になります。夕凪さんにここにいてほしいです。駄目ですか？」

夕凪は楪の言葉にぽかんとしていたが、すぐに泣きそうに顔をくしゃりとさせた。

「……十和さんにも同じことを言われました。お前のせいではない、警戒を怠った俺の責任だと。でも、皆が許しても私は自分が許せません」

「だったら、なおさらここにいてください」

楪の声に夕凪がはっとした。

「いつか自分のことを許せる時まで一緒にいてください。私に頼らせてください」

夕凪の目から堪えきれなかった涙が零れ、頬に伝う。

「はい」

夕凪は声を震わせながら何度も頷いた。

泣きやんだ夕凪と別れ部屋に戻ると、窓辺に腰を下ろした。部屋の窓は低いところにあり、座りながら空を仰ぐと星が綺麗に見える。

窓を開けてふっと息を吐いたところで、ようやく一段落した気がした。

今週は怒涛《どとう》のように過ぎていった。

母の襲来、夢子の怪我、そしてあの手紙。肉体よりも精神が疲れ切っていた。

こんこん、とノックの音が聞こえ「はい」と応えると十和が入ってきた。寝る時の着流し姿にドキリとする。

「ど、どうしたの？」

「会いたかったから来た」

直球な言葉に息を詰まらせながら、隣を空ける。

「遮蔽物がないからここからは星が綺麗に見えるだろう」

隣に座った十和が一緒に空を見上げる。

沈黙が落ちると緊張するので必死で話題を探し出した。

「あの手紙は襲撃事件と関係あるのかな？」

「現状、わからないとしか答えられない。今までの襲撃事件とは質が違うが、手を変えてきただけの可能性はある。ただ、術の種類や証拠を残していないところを見ると相手は手練れだ。夕凪が気づけなかったのは仕方がない」

夕凪の言う通り十和は彼女を責めていなかった。

「龍ヶ崎家だから大丈夫だと思っていた。俺の慢心のせいで危険な目に遭わせてすまなかった」

十和の申し訳なさそうな目に首を振って答えようとした時。

「それに寂しい思いもさせたみたいだな」

その言葉に体が固まった。

「え?」

「夕凪が教えてくれた。俺がいなくて寂しそうだったと」

確かに寂しいと言ったが、姫花と会えなくて寂しいという意味合いだった。十和と会えなくて、とは思っていても口には出していないはずだ。

咄嗟に否定しようとしたが、十和の嬉しそうな顔に口を閉じた。

「俺も寂しかった。最近まともに話せなかっただろう。母親のこともちゃんと話を聞けていないのに、ひとりにして悪かった。埋め合わせがしたい。俺にしてほしいことはないか?」

十和にはよくしてもらっている。だから埋め合わせなどいらないと思いながらも、楪の口は無意識に言葉を吐き出していた。

「じゃあ」

夢の残滓がまだ残っていたからか、口が滑った。魔が差したと言ってもいい。

「慰めてほしい」

そう口にした瞬間、目の前の瞳が見開かれる。同じくらい楪も大きく目を開いた。自分の発言が信じられず、口を押さえて「えっ」と驚いた声をあげた。

「変な発言をしちゃった」

「変じゃない」

「……今、私なんて言った？」

　楪の問いに十和は真顔で答える。

「抱きしめてって」

「それは言ってない」

　十和が小さく舌を打った。

「今のは抱きしめてもいい流れだっただろう」

「よくない。ごめん、ちょっと疲れているのかも」

　両親のことだけではなく、夢子のことも精神にかすかな傷を残しているようだ。少しひとりになって頭を冷やしたいと告げると十和は首を振った。

「疲れているのなら癒やしの方が必要だろう。楪ほどじゃないが、俺も治癒の力はある。手を貸してくれ」

　右手を差し出すと、そっと握られる。柔らかい光が手を包み、光っている部分がじんわりと温かくなってきた。その熱にほっと息を吐く。

　気がつかないうちに体が強張っていたらしく、十和の与えてくれる熱がそれを癒やした。

　手を握っている間、ふたりは黙って身を寄せていたが、熱が引くのと同時に楪はぽろりと心の中にわだかまっていた感情を吐露した。

「昔、妹を危険な目に遭わせちゃったことがあるんだけど、その日から両親は私の名前を呼ばなくなったんだ。いろいろひどい扱いを受けてきたけど、それは結構きつかった」

最後に名前を呼ばれたのはいつだったかもう覚えていない。

幼い頃、まだ術が使えるかどうかもわからなかった頃は呼ばれていた気がする。あの時はまだ楪も家族の一員だった。

「お母さんは、私の全部が嫌なんだと思う。落ちこぼれで、大切な妹を傷つけた存在だから私の全部を否定するんだろうね」

どれだけひどく扱われても家族だと信じていたから、心のどこかでいつかは優しくなってくれるんじゃないかという期待が捨てられなかった。でも、それが甘い考えだったと、玄関先で悪意を向けられた時に嫌でも気づかされたのだ。

母親の言葉が自分が想像していたよりもずっと深く刺さり傷ついたと同時に、そんなことで駄目になる自分は見放されても仕方ないと思った。十和の隣に立つ権利がないと言われるのも、そうだろうなと納得していた。

「ごめん、本当は慰めてほしくなんかないんだ。これは多分どうしようもないことだから自分の中で折り合いをつけたい。口に出しちゃったのは、自分がなにに傷ついているのか整理したかっただけ」

楪の吐露を十和は相槌も打たずに聞いていた。

話し終わった楪が重くなりそうな空気を変えようと微笑んだのに対して、十和は真剣な表情で返した。

「……楪は自分のことを弱いと卑下するが、俺はそう思ったことはない。治癒の能力では確かに妖魔討伐はできない。しかし他で活かせる素晴らしい能力だ。それに、どれだけつらくても前を向いて歩ける人間は強い。楪は自分と向き合って乗り越えようとしているんだろう。それは強くないとできない」

弱いと言われたことは何度もあるけれど、強いと言われたことなど一度もなかった。

「慰めている？」

「そんなつもりはない。寄り添いたいだけだ」

十和はふっと顔を綻ばせ、楪との距離を縮めた。肩が当たりそうな距離にびくりと体が跳ねかけたが、なんとか抑えて平常心を保とうとした。

「楪」

近くで十和に優しく名前を呼ばれるとさっと顔に熱が集まる。あまりに近い距離に視線を合わせることは疎か、体を動かすことすらできない。

「こっちを見て」

わざとらしい甘い囁きに、ひっと喉の奥で悲鳴がこぼれる。わざとやっているのだとわかっているのに、声が震えてまともに抗議の声をあげられない。

「む、無理。無理」

「なんで」

十和がさらに顔を近づけてくる。

「近すぎ、ちょっと、離れて。顔が近い」

「眼福だろう。近くで見ろ」

「自分で言わないで……」

眼福なのはその通りなので、誘惑には勝てずそろりと視線だけを向けると、美しい薄紫と目が合い胸が騒ぐ。思わず仰け反りながら後退する。

「こら、逃げるな。まだ話は終わってない」

「わかったから、少し離れて。心臓が止まる」

楪の必死の懇願に、十和は笑いながら少しだけ距離を空けた。元の距離感に戻り、ほっと安堵の息を吐き出すと、十和はさらに笑みを深める。

「そんなにあからさまに安心されると傷つくな」

「嘘だ、笑ってるじゃん」

話とはいったいなんだ、と続きを促す。途端に十和は真剣な顔になった。

空気が引き締まり、自然と楪も姿勢を正して十和に向き合う。

「瑠璃川が襲われた件に関して、状況から見て、俺たちが追っている襲撃事件に間違いないだろう。だが今までの犯行は、襲うといっても妖魔に追いかけ回されたり、怪我をしても擦り傷程度だった。犯行が過激化している」

夢子の傷は内臓には達していなかったが、出血がひどく放っておけば命に関わるものだった。犯行が過激化しているのなら早く解決しなければ死人が出かねない。

そして、今一番被害者になりそうなのは楪だ。

十和が続ける。

「過激化している原因は婚約発表したことだろうが、なぜ瑠璃川を襲ったのかわからない。本命の婚約者が現れたんだからそちらを狙えばいいのに、なぜまだ違う人間を襲う必要がある？」

「犯人が婚約発表をしたことを知らないとか？」

十和が首を振って否定する。

「それはありえない。祓い屋界隈に俺たちの婚約は周知されている。自称婚約者を正確に狙える情報収集能力があるのに知らないとは思えない」

「だとしたら考えられるのは、夢子さんに狙われる理由があった、とか。例えば、本当は婚約者候補を狙っているわけじゃないとか」

「それなら犯人の発言の真意がわからない」

妖魔を操っているらしい犯人が最後に残している『私が婚約者に選ばれるんだから邪魔をしないで』という言葉には、やはり十和との結婚願望が強く表れている。

「うーん……」

「なんにせよ楪が一番危険なのは変わりない。龍ヶ崎家で妖魔が出現することはまずないが、学校や送迎の時に襲われる可能性はある」

学校に妖魔が入り込めば、経験豊富な術者でもある教師陣が出てくるだろう。しかし、もし助けが間に合わなかったら。

襲われるのが楪だけだったらまだいいが、他の生徒が巻き添えになる可能性がある。それは避けなければいけない。

夢子の腹の傷を思い出し、ぞっとする。

どんな形状の妖魔なのかわからないが、生徒たちで対処できるものなのだろうか。

「もしなにかあったら戦わずに逃げろ。とにかく逃げろ。それで……」

十和が一瞬言葉を止めた。真剣だった顔に苦みが交じり、苦しそうな表情になる。

「どうしたの」

「いや、悪い。言わなければとはずっと思っていたんだ。でもなかなか決心がつかなかったことがある」

十和の目が少しだけ揺れる。

「楪は、龍ヶ崎家についてどれくらい知っている？」

「祓い屋の名家で、龍の血が入っているってことしか」

楪の返答に十和が頷く。

「その認識で間違いない。龍ヶ崎家の人間には龍の血が入っている。つまり純粋な人間ではない。龍ヶ崎家の人間は普通にしていれば人間に見えるが、血が濃い人間は変異できるんだ」

「変異？　変身できるってこと？」

「そんなところだ。人によっては角が生えたり、鱗が出たりするだけだが。それでも普通の人間からすれば異常に映る。だから基本的に、龍ヶ崎家の人間は他の人間の前で変異しない。人は自分と違うものに対してどこまでも冷酷になれる生き物だから」

そう言って十和は少しだけ寂しそうに笑った。

それは人と目の色が違うことについて触れた雪と同じ表情だった。恐らく、十和も雪と同じように他者と違うというだけでひどい扱いを受けた経験があるのだろう。

思い出すのは、宴会の前に聞いた季龍の言葉だ。

混血だからと距離を置かれ、傷つけられた十和のことを季龍はそばで見ていたから、十和の近くにいようとしている楪に不安を抱いたのかもしれない。

心を許している相手に傷つけられたら、きっと立っていられないから。

「この目もそうだ。他とは違う」

「十和は自分の目が嫌い？」

聞くべきか悩んだが、聞かずにはいられなかった。すると十和はふっと先ほどとは違う柔らかい笑みを浮かべた。

「いや。嫌いじゃない。だって、楪はこの目が好きだろう？」

「えっ」

気づかれているとは思っていなかったので、驚く。

「結構な頻度で目をじっと見つめてくるだろう。流石に照れる」

「ご、ごめん。無意識だった。十和の目ってそのままでも綺麗だけど、光の当たり方が変わると色が少しだけ変わって宝石みたいで、つい。これからは見ないように気をつける」

「……いや、気をつけなくていい。楪に見られるのは好きだから」

「そうなんだ、それならよかった」

なんだか気まずい空気になったのを十和が咳払いで消し、話の軌道を戻す。

「ここからが本題だ。変異するのは俺も例外ではない。ほとんど制御できるが、力を使った反動で制御ができなくなる時もある。もしかしたら楪の前で変異するかもしれない。その時すごく驚くかもしれない。嫌な気持ちになるかもしれない。でもこれだけは覚えておいてほしい。俺は絶対に楪の味方だ」

揺れる瞳を見て、いつも自信に満ち溢れている十和の弱いところに触れているのだと気がつく。きっとこのまま楪が手を滑らせれば、十和の心には簡単に傷がつく。だから慎重に言葉を選ばなければいけないと思いつつ、頭に浮かんだのはひとつだけだった。

「嫌な気持ちになんかならないよ。変異したところで十和の本質が変わるわけじゃないんでしょ？」

「……そうだな。目も紫のままだ」

「そっか。じゃあすごく綺麗なままだね」

十和は少しだけ目を閉じて、頷いた。

「うん」

楪は人の心に寄り添うのが得意なわけではない。なんと言うのが正解だったのかはわからないが、十和の顔が穏やかになったので不正解ではなかったのだろうとこっそり安堵した。

その時、目を開けた十和がじっと楪を見た。今までにない真剣な目つきになにか間違えたのかと冷や汗が流れる。

もしや不正解を引いていたのか、と苦みが胸に広がっていく。

「十和、ごめ——」

「抱きしめていいか？」

「……は？」

十和に引き寄せられ、楪は慌てて手を突っぱねた。

「ちょ、ちょっと待った。え、今そんな話していた？　私、聞き逃してた？」

「聞き逃してないから安心しろ。とにかく、抱きしめたい。駄目か？」

「うぐっ」

この世の物とは思えない美貌の好きな人に小首を傾げながら尋ねられて、断れる人間がいるとは思えなかった。

「わざとやってる？」

「当たり前だろう。俺は使えるものはなんでも使う主義だ」

手を引かれ、今度は抵抗しなかった。十和の腕が優しく背中に回る。緊張でがちがちに固まった楪の体はあっという間に十和の腕に囲われていた。肩口に額をつけると、ふわりと十和の匂いが漂い、どうしていいのかわからなくなる。

今までの人生で男性に抱きしめられたことがないので、手をどこへ置けばいいのかもわからずに宙ぶらりんのままでいると十和が耳元で囁いた。

「背中に回して」

笑いを含んだ声にかっと顔を赤くしながら、恐る恐る十和の背に手を回す。

「楪は体温が高いな」

十和の口元は変わらず楪の耳元にあるせいで吐息が当たってくすぐったい。できればしゃべらないでほしかったが、口を開くと変な声が出そうだったので口を閉じたまま額を十和の方に押し当て続けた。

「龍神は水を司る。だから龍ヶ崎の人間は水と深い繋がりがある。そのせいか体温がすごく低いんだ」

十和に触れている場所は冷たい。よく触れ合う姫花よりもずっと冷たい。

しかし、十和とは逆に楪は体温が高いので、その冷たさが心地よかった。

「龍神の血が濃い本家のひと握りは特に水との繋がりが深いから、水がある場所へなら飛んでいける。もしどうしようもなく危ない時は水のある場所で俺を呼べ。すぐに行く。わかった？」

「わ、わかった」

なんとか頷くと、十和は楽しそうに笑い、さらにぎゅっと楪を抱きしめた。

死ぬかもしれない。

楪は十和の腕の中でどこどことうるさい心臓の音を聞きながら思った。

第五章

「どうして……」

女は暗い部屋で呟いた。

月明かりに照らされている鏡を覗き込むと、美しい顔が映っている。そのことに安堵すると同時に、十和の隣に座っていた女の顔を思い出して怒りでおかしくなりそうだった。

私の方が何倍も可愛いのに。可愛くて、力もあって——なのに、選ばれなかった。あんな無能が選ばれて、私が選ばれないのはおかしい。なにかの間違いだ。もしかしたら十和は騙され、脅されているのかもしれないと、女は思った。

怒りに思考を乗っ取られたまま口角を無理やり上げる。

椎名楪を十和から引き離す。

「十和にふさわしいのは私だから」

女は美しい顔を撫でながら、ぎらついた目で鏡を見据えた。

◇◇◇

「眠そうだけど大丈夫？」

学校に登校してきた楪を見た桃の、開口一番の言葉である。ごまかすように苦笑を漏らしながら昨夜のことを思い浮かべる。

十和はなかなか楪を離そうとしなかった。

流石に長い時間抱きしめられていたら慣れると思っていた。しかし十和が耳元でしゃべるせいでずっと体ががちがちに強張っていた。見かねた十和が緊張をほぐすために背を撫でてくれたのだが、完全に逆効果だ。

ついに『勘弁して』と赤い顔を手で覆うと、ようやく解放された。

しかし、ほっと安堵の息を吐き油断していた楪に『おやすみ』と言いながら十和が頬にキスをした。そのせいで一向に落ち着かなくなり、以降は眠気が来ず、気づいたら夜が明けていた。

朝、隈を作った楪の顔を見た十和が優しく笑って体を癒やしてくれたため、体調は悪くない。加えて治癒能力も朝にはほぼ完ぺきに戻っていたので、不安もなくなり心身ともに健康だ。

しかし眠れなかったせいか、欠伸が止まらない。

「ちょっと寝不足なだけだから大丈夫。体調はいいよ」

「それならいいけどさ、新しい環境でストレスとか溜まってない？」

「それは大丈夫。皆いい人だから」

龍ヶ崎家の人は皆、楪に優しく、むしろ実家にいた時の方が人間関係のストレスを感じていた。できるだけ両親の目に触れないように生きていた棵にとって、今の環境は過ごしやすい。食事も美味しく、文句のつけどころがない。

「旦那は家にいるの？」

「だ、旦那？」

「まだ結婚してないいんだっけ？」

「してないよ。婚約者ってだけで」

十和の話題になるとすぐにかっと顔が赤くなった。その顔を見て桃が「へえ」と新しい玩具を見つけた子供みたいな顔をして笑う。

「面白い話ないの」

「ない。まったくない」

桃がにやつきながら顔を寄せてくる。

「婚約者とは同じ部屋で寝てる？　忙しいだろうから夜はいないとか？」

「違う部屋だし、夜も任務には行くけど帰ってくるよ」

「へえ、そうなんだ。……どこまでいってんの？」

無言で桃の頭に手刀を落とした。桃は頭を押さえて文句を言っていたが、どう考えても桃が悪い。

朝礼前で生徒がほとんど揃《そろ》っている。そんな中でする話ではないだろう。

周りにいる生徒たちが聞き耳を立てていることには気づいていた。本当は十和の話題にも触れたくなかったのだが、桃曰く堂々としていた方が変に絡まれないらしいので、言える範囲のことは答えていく。

しかし、気になるのは藤沢のことだった。

ちらりと視線を教室の後方へ向ける。藤沢は椅子に腰かけ、じっと机を見つめている。その顔は青白く今にも倒れてしまいそうだ。周りで友人たちが背中を撫でたりしているが、それに応える様子もない。

「藤沢のこと？」

桃が顔を寄せてきた。他に聞こえない声量の質問に頷き返す。

「体調悪そうだから」

「家の連中になにか言われたんじゃないかな。藤沢の家って、噂によるとかなり古風な考え方を持っているらしいから」

「古風？」

桃がそよ風くらいの声量で話す。

「女は祓い屋にならず力を持った家の男と結婚し、強い力の子供を産むのが仕事とか、それが幸せだとか。とにかく子供を産んで名家との縁を作るのを強要されるらしい」

「祓い屋にならない？　あんなに強いのに」

「どれだけ強くても関係ないよ。女に生まれた瞬間に祓い屋の道は閉ざされるらしい。瑠璃川家系列の家がそういう考えなのは有名な話だよ。藤沢家も例外じゃないんじゃないかな」

「だから十和と結婚したかったのか……」

夢子は十和に好意を持っているので、家のことは関係なさそうだ。

「龍ヶ崎は超名家だから、あの家と結婚すれば誰にも口を出されなくなる。大した実力もない家でも名門と呼ばれている所以はそんなものだよ。別に珍しいことじゃない。気にしなくていいよ」

龍ヶ崎家との縁ができれば藤沢家は安泰だ。

かつて力を持っていた家が時代と共に力が衰えていくのは珍しい話ではない。楪の家もそうだった。両親が姫花と十和を結婚させようとしたのも同じ理由だ。

ただ藤沢家は椎名家とは比べ物にならないくらい昔から、貪欲に名家との縁を結ぼうとしていただけのこと。

よくある話だ。そう思うのに引っかかるのは、楪がまったく知らない男と結婚させられそうになっていたからだろうか。

龍ヶ崎との縁がなくなった今、藤沢家はどうするのだろうか。

祓い屋界隈で、龍ヶ崎家の右に出る者はいない。龍ヶ崎家との縁が築けないとなった時、藤沢家は娘になにを求めるのだろうか。

ふと、藤沢が顔を上げて楪を見た。

ひどく疲れた顔をしている。その目は焦りと絶望で揺れていた。


実技の授業は好きではないが、これまで休まずに真面目に受けてきた。しかし今日は妖魔と戦うクラスメイトを見ながら校庭の隅でちまちまと草をむしっている。

楪は授業に出ようと思っていたのだが、実技担当の教師が難色を示した。

曰く、龍ヶ崎の婚約者に怪我をさせるわけにはいかないから、らしい。万が一楪が怪我を負った場合の責任が取れないため、見学を言い渡されたのだ。

逢魔学園の教師は現役の祓い屋がほとんどなので、龍ヶ崎家を敵に回すのが怖いのだろう。だから仕方なく楪は校庭の隅に移動した。

「婚約している間はずっと特別扱いかな」

ぽつりと呟くと、浅葱が肯定するように周りをふわふわと漂う。指に乗せて可愛がると指先が冷たくなった。

龍ヶ崎家は水と縁が深いと言っていたので、浅葱も水から作り出した式神なのだろう。水面のような羽が、光を綺麗に反射する。

浅葱はふわりと飛び、楪の髪留めに止まった。

「あ、そういえばこれがあったね。これって弱い妖魔にも反応するのかな」

十和からもらった髪留めはなにかあった時に楪を守ってくれるらしい。

もし反応するのなら、実技の最中に発動していたかもしれない。そう思うと、見学になったのはよかった。

後で十和に確認しなくては、と顔を上げた時、ちょうど藤沢の番が回ってきていた。

二足歩行の妖魔と相対した藤沢の表情に怯えや恐れはない。ただじっと妖魔を見つめ、教師の合図を待っている。

「はじめ！」

教師の声が響き、藤沢は懐に入れていたお札を素早く取り出すと何事か唱えて妖魔に投げつけた。

藤沢が作った札は強力で、ぶつけられた妖魔は悲鳴をあげることなく消えた。一連の洗練された動作で、藤沢の実力がかなり高いのは誰の目にも明らかだ。

「流石だな」

教師もクラスメイトたちも皆、藤沢を褒める。それに笑って答えていたが、人がいなくなると藤沢は浮かない顔をした。

どれだけ他人から実力を褒められても意味がないのかもしれないと思った。

他人では藤沢の未来をどうにかすることができない。藤沢家の決まりを変えられる人間に認めてもらわないといけない。しかし、これだけ実力があっても認められないのに他に打つ手はあるのだろうか。

「うーん……」

「どうしたの」

唸り声をあげて頭を抱えていた楪に、桃が不思議そうな顔をしながら近寄ってきた。

「えっと、ちょっと考えごと」

「ふーん、まあいいけど、あんまり考え込まないようにね、禿《は》げるよ」

「うん、わかった」

桃の腕にかすり傷ができていることに気がついた。患部に手を当てて撫でると、傷はすぐになくなる。

朝出る時に十和の疲れを癒やしたので能力が戻っているのはわかっていたが、傷の治療はしていなかったので綺麗に治せたことにそっと息を吐いた。

「あれ、傷があった？　気づかなかったわ、ありがとね」

「ん、かすり傷だったからね。こんなのならすぐに治せるよ」

ふふんと得意げに笑うと、桃は微妙な顔をした。

「どうしたの？」

「いや……治癒はかなり重宝される特異な能力なのになんで評価されないのかな、と思って」

「使える人がいないわけじゃないからね。それに妖魔と戦えない奴っていう印象の方がどうしても強くなるから仕方ないよ」

「楪の旦那は認めてくれているの？」

「旦那じゃないから」と突っ込みながら、夢子の傷を前にした時のことを思い出す。十和は夢子の傷を見て他の誰でもなく楪を呼んだ。夢子の使用人たちが抗議の声をあげても無視して楪を信じてくれた。

「認めてくれているよ」

両親に認められなかった能力を十和は優しくすくい上げてくれる。それが嬉しくてたまらなかった。

自然と微笑みを浮かべた楪に桃は手を口に当て、驚いた様子で目を見開いた。

「あら、あらあら、とうとう楪に春が来たのね。訳ありっぽいから心配していたけど、杞憂だったみたいね」

「え、なんの話」

「好きなんでしょ、龍ヶ崎十和のこと」

声にならない悲鳴をあげ、楪は立ち上がった。

「な、なんで、え、そんな話してた今？」

「してた、してた。ていうか、もしかして無自覚？　まさか向こうも無自覚とか」

いや、と反射的に否定しようとして慌てて口を閉じたが、遅かった。

桃は口角を上げて、にたにたと笑っていた。

「へえ、なるほどね。向こうから告白済みか。それで、返事はしていないの？　さっさと返事して付き合いなさいよ、ってもう婚約しているのか」

「返事って、ちゃんと告白されたわけじゃないし」

十和から好意は伝わってくるが、愛の言葉を言われたことはなかった。

「じゃあ、楪から告白すればいいじゃない。好きなんでしょ？　それともそんな顔をしておいて無自覚？」

「えっ、私どんな顔してる？」

「龍ヶ崎十和のことが好きで好きでたまりませんって顔」

そんな顔はしていないと否定したいのに、頭が沸騰していて言葉にならなかった。

「好意だだ漏れの顔しておいて好きじゃないは通用しないわ」

桃の言う通りだ。

能力が封印された一件をきっかけに楪は恋を自覚した。十和の顔を見るたびにどんどん好きになっていく。

顔を真っ赤にして黙ると、桃が呆れた様子で言う。

「なんだ自覚しているんじゃない」

「十和と一緒に過ごしていたら皆好きになると思うよ」

「惚気《のろけ》の糖分が濃いわ……」

惚気などではなく事実だ。十和に好きだと全身で伝えられて落ちない人間はいないだろう。

十和は楪を尊重してくれる。それだけで好きになる理由は十分だ。そう言うと、また惚気だなんだと茶化されるのでやめておく。

赤くなりそうな顔を膝の間に埋めて隠した。

だから、周囲の異変に気づくのが遅れた。

「きゃあああああ」

悲鳴とざわめきを耳が拾い顔を上げると、生徒たちが騒然としていた。

「なに？」

「わからない、なにかあったみたいね」

近づいてみると生徒たちはなにかを囲うように立っていた。口々に心配げに声をかけている。断片的に「傷が」や「血が」と聞こえてきたので、誰かが怪我をしたのだろう。妖魔との実技で怪我をするのは珍しくない。でも、このざわめきは異常だった。

「なにかあったの？」

近くにいた生徒に声をかけながら、生徒たちの中心へと視線をやる。

「藤沢さんが妖魔の爪で怪我をしたらしいの」

女子生徒が教えてくれた時、ちょうど視界に座り込む藤沢の姿を捉えた。妖魔は近くにいないので祓い終わっているらしい。

教師が藤沢の腕を押さえて何事か呟いているので治療を施しているように見えるが、藤沢の手からは絶え間なく血が流れ続けている。どうやら切ったところが悪かったようだ。

流れ続ける血を見て顔を青くした生徒が「救急車呼んだ方がよくない？」と言い始め、周りの生徒たちも不安そうに顔を見合わせる。しかし、教師はその声が聞こえていないのか、治癒を続ける。

「血が止まってない」

「楪、治せないの？　あの教師じゃ無理みたい」

生徒たちの不安げな声に教師が顔を引きつらせながら「大丈夫だからな、先生が治してやるからな」と大声をあげるが、一向に血は止まらない。

藤沢の顔は青白く、教師の言葉に小さく頷く目は不安でいっぱいだった。

「ちょっと通して」

楪は生徒たちの間を縫っていき、なんとか藤沢の隣に立つ。

「なんだ椎名か。傷が深いからお前はあっちへ行っていろ」

「先生、ちょっと退《ど》いてください」

退く気配がないので、ため息をついて教師の体を押して藤沢から手を離させる。

「なにするんだ、手を離したら出血が」

「いいから退いてください！」

もう既に出血がひどい。傷が深く、腕がぱっくりと割れていた。夢子の傷よりも見た目はひどいが、治せない傷ではない。

周りの生徒はよほど不安なのか、いつもならくってかかってくる藤沢の友人たちも震えながら楪を見ていた。

「あんたになんか、治せないよ」

藤沢の声は震えている。出血の多さと傷口がグロテスクなせいだろうと落ち着かせる気持ちを込めて楪は藤沢の傷口を手で覆う。呼吸を意図して深くすると手が温かくなり、花の形になった光が藤沢の傷口に伸び、するすると撫でていく。

周りが固唾を呑んで見守る中、治癒はすぐに終わった。

ぬくもりと光が消え、藤沢の腕から手を離すと、そこにはもう傷はない。傷痕もなく綺麗に消えたことにほっと息を吐く。

「出血が多かったから念のため病院へ行った方がいいかも」

楪はそっと笑いかける。

藤沢は驚いたように傷があった場所を凝視した。

「美月、よかった」

生徒のひとりが藤沢に泣きながら抱きつくと、わらわらと生徒たちが集まり、傷が治った安堵感に包まれた。

「ありがとう、ありがとう、ありがとう椎名」

よかった、ありがとう、と口々に言う生徒たちの声に応えながら立ち上がり、桃の所へ向かう。

「お疲れ様。頑張ったね」

とんと労わるように背中を叩かれ、楪の肩から力が抜けた。自分でも気づかないうちに緊張していたらしい。

実技の授業で擦り傷程度は見慣れているが、血はいくら見ても慣れそうにない。それに手紙の一件があり、もし治せなかったらどうしようと手が震えた。

息を大きく吸い込み、抱いた恐れと共に吐き出す。

「本当に治ってよかったよ」

ふと藤沢と目が合った。その瞳はなぜかまだ不安に揺れていた。

藤沢は立ちくらみや体の不調がないからと病院には学校帰りに行くことになったらしい。一応保健室にいる治癒ができる先生に見せたところ、問題ないという判断がくだったようだ。

実技の後は一教科だけあり、怪我の一件でクラス中がどこか浮ついていて誰も集中していない。それは楪も例外ではない。といっても怪我のことで集中できないのではない。

抱えている恋心に悩まされていた。

十和に伝える勇気はない。というか、十和と楪の関係は、表面上婚約者なのもあり、付き合ってくださいと告白するのはおかしな気がしてならない。

桃にそれとなく相談したら、好きだと伝えるだけでいいとアドバイスされたが、十和を前にして好意を伝えられる気がしなかった。

自分の想いに気づく前ですら至近距離で見つめられるとどぎまぎしていたのに、自覚してからは目を見て話せるかすらわからない。

はあ、と吐き出した息はどこか浮ついていた。

色恋に意識が向きすぎている。楪は首を振って陽気な思考を振りほどいた。

告白よりも先に片付けなければいけない問題がある。

襲撃事件のことだ。いつ襲われるかわからない状況で他に気を取られるわけにはいかない。

十和からもらったピンや式神がいるから大丈夫だとは思うが、安心はできない。

そうこうしているうちに、一日の授業が終了した。ホームルームが終わると同時に立ち上がり、桃に声をかけて急いで教室を出る。教室の窓から校門前に龍ヶ崎家の高級車が止まっているのは確認済みだ。

靴を履いて、外へ出ようとした時。

ぐいっと腕を引かれた。襲撃者の文字が頭に浮び、咄嗟に手を振り払おうとしたが、背後に立つ人物を見て動きを止める。

「藤沢さん？」

「ちょっと来て」

ぎゅっと顔をしかめた藤沢に手を引かれ校舎を出ると、裏門の前に連れていかれた。

「どうしたの？　私、帰らないと」

裏門は教師が利用するがこの時間には人気《ひとけ》がなく、喧騒《けんそう》からも遠い。どれだけ叫んでも声が届かない想像にかられて、打ち消すように口を開く。

すると、藤沢は顔色を悪くしながら口を開いた。

「あの、さ、なんで傷を治したの？」

「え？」

「私、いつもひどいことばかり言ってるし、優しくなんてしてないのに、なんで？　普通いい気味だって思わない？　放っておいてやろうって思わなかったの？」

藤沢の言葉が一瞬理解できず、瞬きを繰り返しながらゆっくり咀嚼《そしゃく》する。

「えぇっと、別に思わなかったな、そんなこと考えもしなかった」

「なんで？」

「なんでって……うーん。別に治すのに理由なんてないよ。治せるから治しただけ。藤沢さんでも別の人でも変わらないよ。痛そうだったから治しただけだよ」

藤沢は口を震わせて眉をぐっと寄せた。怒っているのかと思ったが、目が潤んでいるので泣きそうなのだと気がつく。

どうして泣くのかわからず肩に触れようとした時、藤沢が切羽詰まった様子で言った。

「あ、あの私、ごめん、本当にごめん、行こう、行かなきゃ。やっぱりこんなことしちゃ駄目だった」

「え、なに、藤沢さ――」

藤沢の手に引っ張られ、元来た道を戻ろうとした時だった。

鈴のような声がその場に落ちた。

「どこへ行くの？　美月」

刺すような、声だけで人を従わせることができる声だった。

聞いた瞬間、ぞわりと肌が粟立《あわだ》つ。

その声に名前を呼ばれた藤沢はひっと悲鳴をあげて泣きながら振り返る。楪も緊張で固まりそうな顔をゆっくりと動かして藤沢の視線を追った。

裏門の前に女が立っていた。

「夢子さん」

「はい、こんにちは、楪さん」

その声は優しげなのに纏う雰囲気は突き刺すようで、恐怖を感じる。

いつもと違う様子に警戒したのか、浅葱が楪の前に躍り出る。

「どうしてここに」

「私、楪さんにお話があって来たんですよ。一緒に来てくれます？」

「あの、すみませんが、迎えの車を待たせているので」

一刻も早く逃げたくて足を引くと、夢子は逆に距離を詰めてくる。

楪の手を握る藤沢の手が驚くほど体温を失い震えている。その手を握り返して体温を分け与えながら後退していくと、夢子が小首を傾げた。

「駄目ですよ。お迎えの車は置いていきましょう。私とお話しないといけませんから」

「いえ、帰らないといけないので」

「帰る？　どこへ。まさか不相応にも十和さんの元へ？」

低くなった声にぎくりと体を震わせると、夢子は笑みを深めた。

「私の言うことを聞かないと、ここに妖魔を放ちますよ。まだお友達は学校の中ですか？　来てくれないとお友達から殺します」

ひっと悲鳴が漏れそうになった。

夢子の目を見れば、それが本気だとすぐにわかる。はったりではない。夢子と一緒に行かなければ桃が死ぬ。

「椎名、ごめん、ごめん」

背後で藤沢が泣いている。

藤沢家は瑠璃川家の分家だ。恐らく楪をここに連れてくるように脅されたのだろう。だから、藤沢を責める気にはなれない。上の人間に脅されたのならしょうがない。

ふっと息を吐き、最後にぎゅっと藤沢の手を握ってから離した。

「一緒に行きます」

声や手が震えないように意識しながら告げると、夢子がにっこりと笑みを深くする。

「そう。よかった。あ、その式神は置いておいてね。まあ私の車には結界が張ってあるから入れないでしょうけど」

「一緒に行けば皆に手を出さないんですよね」

「うん、来てくれさえすれば、あとは関係ないから」

裏門に止めてある瑠璃川家の車の後部座席に乗り込む。

浅葱が楪を追って中に入ろうとしてくるが、見えない壁に阻まれた。本当に車に結界が張ってあるらしい。

健気に結界にぶつかる浅葱にやめるよう手で制して、呆然としている藤沢と一緒にいるように指示を出す。すると浅葱は少しだけ躊躇いを見せた後に藤沢の方へ飛んでいった。

夢子が機嫌よさげに助手席に乗り込むと、音もなく車が発進した。

「スマホ出して。連絡手段はこれだけよね。駄目よ、助けなんか呼んじゃ」

素直に従いスマホを出すと、ちょうど画面に十和からの連絡の通知が表示された。

『校門の前で待ってる。今日は一緒に夕食をとれそうだ』

校門の前にいた車には十和もいたらしい。その一文を目にして、楪は涙腺が緩むのを感じ、顔に力を入れた。

そして夢子はその一文を冷たい目で見下ろすと、おもむろに窓を開けた。そしてなんの躊躇《ちゅうちょ》もなくスマホを捨てた。

「もう必要ないですから」

悪びれる様子のない夢子はふふっと声を出して笑うと、歌うように言った。

心細さに十和からもらった髪留めに伸びかける手を膝の上で握り、できるだけ平静を装って窓の外を見た。

窓には泣きそうな顔をした楪が映っていた。

第六章

どうにかして十和に連絡を取らなければ。

楪は窓の外に視線を向けながら考えを巡らせていた。

スマホが捨てられたので連絡手段がない。

他になにかないかと視線を前方へ向けると、ルームミラー越しに運転手と目が合い、すぐに逸らされた。その表情はどこか暗く、引きつっているように見えた。

楪の誘拐は瑠璃川家の総意ではなく、夢子の独断で行われたのだろう。運転手の顔には龍ヶ崎十和の婚約者を誘拐していることへの焦りが見えている。

「どうしてこんなまねを？」

答えは返ってこないかもしれないと思っていたが、意外にもすぐに返答があった。

「釣り合っていないからです。十和さんに。龍ヶ崎家の花嫁候補などと愚かなことを口走った女共に身のほどを弁《わきま》えさせているのです。本当は美月も同じようにする予定でしたが、変更しました。だってあなたが一番身のほど知らずで、邪魔なんですもの」

その言葉から、これまでの襲撃事件も夢子の犯行だとわかった。

夢子は十和の婚約者候補を自称する女性を飼っている妖魔で襲い、もう二度と婚約者を名乗らないように警告したらしい。嬉々として話す夢子に恐怖が募るが、表情に出さないように努める。

不意に夢子がぐるりと首だけで振り返り、にっこりと笑った。

「楪さんは帰しません。というか、帰れないと思います」

なんでもないことのように言ってのける夢子に危機感を覚える。しかし、ぎゅっと拳を握って震えそうになるのを耐えた。こんなことで怯えていると思われるのが嫌だった。

「恨むならご自身を恨んでくださいね。手紙で忠告もしてあげたのに出ていかないからですよ？」

手紙、という単語に昨夜の一件だとすぐに気がついた。

「あれもあなたがしたの？」

「ええ。治癒能力がなくなったらすぐに家を出ていくと思ったのに、まさか図々しく居座るとは思いませんでした」

自責の念で泣く夕凪の顔を思い出し、呆れた様子で言い募る夢子に怒りが芽生える。よりによって大切な姫花の名前を騙り、優しい夕凪の親切心を利用した夢子が許せなかった。

怒りに顔を歪める楪を嘲笑うように夢子が淡々と告げる。

「着きましたよ」

車が大きな屋敷の前で止まった。

停車したのは大きな日本家屋の前だった。椎名家よりもずっと大きいが、普段龍ヶ崎家を目にしていると狭くすら感じる。

車を降りると顔色の悪い運転手に引きずられながら門を潜る。その瞬間、空気が変わった。

ざわりと肌を撫でる空気は澱《よど》み、呼吸がしにくい。外なのに空気が籠っているような気がする。

門の中は異様だった。

立派な平屋には人の気配がなく、庭に生えている木は完全に枯れてしまっている。小さな池があるが、中には水草の類さえ見られない。この家には普通の生物はもういないのだろうと思われた。

ただ、家の中に妙な気配がある。

力の弱い棵でも感知できるほどの大きく邪悪な気配に足が竦《すく》んだ。その場で立ち止まった棵の背を夢子が乱暴に押し、運転手が腕を引っ張って家の中に入れようとする。

「ちょ、ちょっと待って」

「これは試験よ。十和さんにふさわしい人間ならばあれくらいの妖魔は倒せてしかるべきでしょう。他の婚約者候補とか名乗っている女は妖魔を見ただけで泣いて逃げて、祓い屋としての秩序もない。最悪だったわ。あれでよく婚約者を名乗れたものよね」

「襲撃事件はあなたの仕業だったんですよね。一昨日のは自作自演ですか？」

「そう。私に疑いが向くと困りますし。それに十和さんに触って治してほしかったから……まあ、治したのはあなたらしいですけどね」

夢心地の様子から一変して、夢子は舌を打つと乱暴に玄関を開けて楪を押し込んだ。

玄関の冷たい床にぶつかり、文句を言おうと振り返った時。

みし、と木が軋《きし》むような音がした。いつもなら気にしない些細な音に体が跳ねて飛び起きると、玄関の隅に体を隠す。辺りを観察してみるが、視界に映る範囲にはなにもいないように見える。

部屋の中は外観よりもさらに異様で、気が滅入りそうなほど空気が籠っている。人の出入りはあったはずなのに、なぜか廃墟《はいきょ》のようになっている。

瑠璃川家の人たちはいったいどこへいったのだろうか。疑問にはすぐに夢子が答えた。

「家の者は本家にいます。ここは今無人なので気にしないで。さて、正式な婚約者様なら妖魔のひとつやふたつ簡単に祓ってくださいますよね」

待って、と楪が声をあげるよりも早く玄関の扉が閉まった。

伸ばした手は空を掴み、慌てて玄関扉に飛びついた。

みし、みし、と再び軋む音がする。加えて、どたどたと大きなものが廊下を歩く音が聞こえる。それは段々と楪の方へと近づいてきている。

異様な気配に息を殺し、そっと隅の暗がりに隠れると、みしみしみしと音を立ててそれが現れた。

天井に達するほどの大きさの妖魔だ。腕が異様に太く、先には人間の手ほどの爪が三つ生えている。顔はよく見えないが、牙が口からはみ出しているのが見えた。昔森で襲ってきた妖魔に似ていた。

体が勝手に震え息が上がる。悲鳴が漏れそうになった口を両手で押さえた。

心音が聞こえてしまうのではないかと思うほど大きく高鳴っているが、数回深く呼吸を繰り返すと少しだけ落ち着いた。

妖魔の種別は授業で習っている。あのタイプの妖魔は知能が低く、巧妙なことはしてこないはずだ。

妖魔は玄関の開いた音に反応していたのか、きょろりと辺りを見渡す仕草をしたが、すぐにのそりのそりと大きな体で廊下を歩いていく。そばにいる楪に気づく様子はない。このまま息を殺していればやり過ごせるだろう。

呼吸の音さえ殺しながら妖魔が去るのを待つ。もう少しで視界から消える、と汗の滲む手を握りしめた。

その時、ぱちぱちぱちぱちと破裂音が耳に届いた。外から聞こえてくるそれが手拍子だと気がついた瞬間、楪は頭が真っ白になった。

――まずい。

「こっちよ、こっちへおいで」

夢子の声がそれを呼ぶ。すると足音が止まり、妖魔が玄関の方を向いた。

ぎょろぎょろした血走った目が楪を捉える前に立ち上がり、妖魔とは逆の方向へ走る。

妖魔に背を向け、楪が廊下を駆ける。背後から地を這うような唸り声と廊下を踏む轟音《ごうおん》が追ってくる。

背後は振り返らず長い廊下をひたすら走り、角を曲がったところで目についた部屋に飛び込んだ。

ぴしゃりと襖を閉めたと同時に目の前を大きな影が通過する。息を殺して妖魔が去るのを待ち、廊下を走る音が小さくなったのを確認して息を吐き出した。

恐怖で体が震えている。気を抜くと涙が出そうになり、ぐっと唇を噛みしめて耐えた。

これからどうするべきか、必死で頭を巡らせる。

迎えに来ていた十和たちが異変を察し、藤沢や残してきた浅葱に気づいてくれればいつかはここにたどり着いて助けてくれるだろう。しかし、それまで妖魔に襲われないとは断言できない。それに、外に控えている夢子がなにか仕掛けてくる可能性も高い。どうすればいいんだろうか。

不安を和らげようと無意識に十和にもらった髪飾りに手を伸ばしていた。小さな髪飾りは普通の物と見た目は変わらないのに、きゅっと握り込むと少しだけ落ち着いた。いくらか冷静になった頭で考える。

夢子は車に結界を張っていたから、恐らく家の中にも結界を張っている。雰囲気が一変していたことを考えると、門の中、家の中の二段階で張ってあると考えていいだろう。

車の中に浅葱が入ってこられなかったから、十和たちも結界内に入れない可能性がある。そうなると楪が結界の外へ出なければいけないが、家の中には妖魔、外では夢子と使用人が待ちかまえている。この状況で外へ出られる自信がない。

「十和……」

縋りつくように小さく名前を呼ぶと薄紫色の輝きを思い出す。不安でたまらない。昨日の熱が恋しくて仕方なかった。

不意に十和の言葉が呼び覚まされる。

『龍神の血が濃い本家のひと握りは特に水との繋がりが深いから、水がある場所へなら飛んでいける。もしどうしようもなく危ない時は水のある場所で俺を呼べ』

「水……」

水がある場所ならば十和が来てくれるかもしれない。結界を貫通できるかは賭けだが、やるしかない。すぐに行くと言った十和の言葉を信じるしかない。

楪は決意を固めて立ち上がった。目指すは庭にあった池だ。

そろりと慎重に襖を開け廊下を確認する。妖魔の気配は遠い。音もしない。

ほっと息を吐き、廊下へ出る。外に面した障子を開けようとしたが、結界の影響を受けているのかびくともしない。

こっそりと外へ出るため他の出口はないか見て回ることにし、そろりそろりと床が軋まないように注意を払いながら廊下を歩く。幸い、裏口はすぐに見つかった。

奇妙なことに扉の中央にお札が貼られている。結界を張るための呪符かなにかだろうか、と恐る恐る扉に触れた。

その瞬間、札がパンと鋭い音を立てて爆ぜた。衝撃は少ないが、その音は静かな家屋にはよく響いた。

「やばい！」

さあっと血の気が引く。音に釣られた妖魔がどたどたと廊下を走る音が近づいてきたので、すぐに音の反対方向へ駆け出す。

裏口に貼ってあったのは、触れると音が出る呪符だ。そういえば十和が瑠璃川は呪具の製造に長けていると話していたことを思い出して、迂闊《うかつ》に触れたのを悔やんだ。

ああいった罠が他にも仕掛けられているかもしれないが、それを考えている暇はない。音はすぐ後ろまで迫ってきている。

振り返ると猛然と走る妖魔の姿が見え、楪は悲鳴をあげた。このままでは玄関にたどり着く前に追いつかれてしまう。

転がるように走る楪に向かって、妖魔が雄叫びをあげ飛躍するような大股で距離を一気に縮めた。そして、大きな爪を楪に振り下ろした。

一瞬辺りが眩い光に包まれ、ばちん、と弾かれる音と共に妖魔が吹っ飛んだ。

「なにが……」

なにが起こったのか理解できなかったが、すぐにはっとした。

「髪飾りの力……」

そっと触れると髪飾りは熱を持っている。

あの大きな妖魔を吹き飛ばすくらいの力を持っているとは思っていなかったので、驚きすぎてすぐに動くことができなかったが、妖魔が呻き声をあげながら起き上がるのを見て駆け出した。

髪飾りの力がどこまで保つかわからない。もしかしたらもう使えないかもしれない。不安が滲みそうになった時に雪の言葉が頭によぎる。

『私は龍ヶ崎家の当主の妻で、彼がいない時はここを守らなければいけない。だから強くなきゃいけない時があるの。だから頑張って虚勢を張る。それだけで人は少し強く見えるから』

『きっとこれから大変なことやつらいことがたくさんあると思うけど、泣きそうな時ほど上を向きなさい。相手に弱みを見せちゃ駄目よ』

つらい時こそ前を向き、泣きそうな時ほど上を向く。相手に弱い自分を決して見せないように。

泣き言を言っている場合ではない。泣いていても事態は好転しないのなら前を向いて虚勢を張るしかない。雪の言葉を胸に楪は目に力を入れた。

背後で立ち上がった妖魔が楪に向かってくる音が聞こえてきたが、悲鳴は喉の奥で押し潰し、玄関まで走り抜けた。

玄関の扉にぶつかると髪飾りが輝いた。一瞬家を覆う結界が緩んだ隙に、玄関扉を開けて外に出る。すると目の前には驚愕の表情を浮かべている夢子と使用人が立っていた。

急いで外に出て扉を閉める。妖魔が扉にぶつかる衝撃が伝わってくる。どん、どんと体当たりする音がしたが、扉はびくともしない。恐らく結界が作用しているのだろう。間一髪だった。

「まさか、出てくるなんて」

息を整えていた楪の耳に、呆然とする夢子の呟きが届いた。言ってやりたいことはたくさんあったのに、感情が喉の奥につっかえて言葉が出てこない。

荒い息のまま顔を上げると、夢子は拍手をし始めた。

「褒めてあげる。……ああ、でも自力ではないのね。その髪飾り、気がつかなかったけど十和さんの霊力を感じるわ。ずるね。やっぱり守られないとなにもできないのね」

感情の籠っていない声で言い、拍手をやめると懐からなにか取り出した。

「本当に煩わしい」

夢子の手が楪に伸びる。危険を察知して腕を振り払うと、使用人に両腕を掴まれた。使用人の顔は青白いが、ここまで来たら引き下がれないという決意が見えた。

「離してよ、この……」

掴まれている腕に衝撃が加わり、声が途中で止まる。

腕を見ると血が滴っていた。夢子が血のついた小刀を持っていることに気がつき、あれで切り裂かれたのだとわかった。途端に痛みが駆け抜ける。

じくじくした痛みが腕全体に広がり、患部が熱を帯びていく。

「痛い？　痛いよね。もう切られたくないのなら十和さんと別れて。あなたじゃふさわしくないから」

そう言って夢子がもう一度小刀を振るおうとした。

「嫌だ！」

椣は叫ぶような声をあげ、腕を持っている使用人に体当たりした。踏鞴《たたら》を踏んだ使用人の手の力が弱まる。その隙に腕を引き抜き懐に手を差し入れると、実技で使う予定だったよれよれの呪符をふたりめがけて投げつけた。

大した力のない呪符だが、髪飾りから十和の霊力を感じ取った夢子ならばこれも十和が作ったものかもしれないと警戒するはずだ。

予想通り、ふたりは驚いたように後退すると呪符を渾身《こんしん》の力で弾いた。呪符は呆気なく破れ、単なる紙になって地面に落ちる。

それで十分だ。

隙をついて椣は走った。池だけを見据えて全力で走る。

「解除」

夢子の声がぽつりと落ちた。次の瞬間、弾けるような音が椣を襲う。振り返ると、びくともしなかった玄関が弾け飛んでいた。

そこから妖魔が飛び出す。結界を解いたのだ。

使用人が恐怖で逃げ出すが、夢子は薄ら笑いを浮かべながら椣を見ていた。その口が動く。

「殺せ」

主の命令を聞いたのか、それとも血に反応したのかわからないが、妖魔は大きな目で楪を捉えると、地を震わせるような雄叫びをあげて楪目がけて走ってきた。

池まではまだ距離がある。早く早くと焦る楪を嘲笑うように妖魔は跳躍した。楪との距離を詰め背中に大きな爪を振るった。

ばちん。まだ効力を持っていた髪飾りに弾かれ、妖魔が転がる。しかし、今度はすぐに起き上がった。

三度目の攻撃はもう防御できないかもしれない。

水があれば十和は来ると言ったが、結界を貫通できるかは定かではない。結界に阻まれ十和が来てくれないかもしれないと不安がよぎり、足が竦む。しかしもう作戦変更はできない。池にかけるしかない。賭けに負ければ楪は死ぬ。

ぐっと血が出るくらい唇を噛みしめ、池を目指す。もう背後を振り返らなかった。

つんのめりながら池に辿りつくと、池を覗き込む。

「とわ、十和、十和、お願い、十和」

名前を呼ぶと、自分がちっぽけでみすぼらしい人間のような気がした。

ひとりでどうにかできる人ならばよかった。十和に助けを求めなくてもいいくらい強く、隣に立ってもなにも言われないような人間になりたかった。

そんな人間はきっとどこかにいて、十和の隣を切望しているかもしれない。でも、譲りたくなどない。十和の隣に立っていたい。

夢子の言う通りふさわしい人間ではないけれど、強くなるから、頑張るから、今だけは縋らせてほしい。

「助けて、十和」

背後に立った妖魔の爪が楪に振り下ろされた時――池の中から眩い光と共に大きななにかが躍り出た。

それは、白銀の龍だった。

幼少期に妖魔から楪を助けてくれた、あの龍だ。美しいと焦がれた姿がそこにはあった。

龍は妖魔に牙を剥き、怯えて逃げようとした妖魔の体を咥《くわ》え頭を振る。すると妖魔はおもちゃのように簡単に飛ばされて屋敷にぶつかり地面に倒れた。妖魔は立ち上がろうとしたが、上から龍に爪を立てられ、短く叫び声をあげて消えた。

一瞬の出来事に呆然としていると、龍の目が楪を見た。薄紫の美しい目に「あ」と声をあげる。

「十和？」

龍の目が驚いたように見開かれる。

いつもより大きな目は、人であった時と変わらず宝石のように美しい。特徴的な薄紫色を忘れるはずがない。そう思い近づくと、龍は一瞬ひるんだように逃げようとした。しかし楪が手を伸ばすと、恐る恐る顔を寄せてきた。

龍は顔だけでも楪の体より大きい。その迫力に夢子はひっと悲鳴をあげたが、楪は少しも恐怖を感じなかった。

目の下に触れ硬質な鱗を撫でると、十和は嬉しそうに目を蕩けさせる。

「十和、来てくれてありがとう。頼りっぱなしでごめんね」

額をくっつける。十和の体温は低く、楪の熱をさらっていく。それが気持ちよくてぎゅっと抱きつくと、十和の体はするすると小さくなり、あっという間にいつもの人間の姿に戻った。

ああ、そうか。昔助けてくれたのも十和だったのかとようやく気がついた。

「……治癒はできないって言っていたのに」

「あの時はできなかった。あれから習得したんだ」

戯れるように言葉を交わしながら十和は楪の体を強い力で抱きしめた。

「無事でよかった……心配した。心臓が止まるかと思った」

「心配かけてごめん。来てくれてよかった」

「すぐに行くと約束しただろう。……俺は怖くなかっただろうか」

不安げな声で言う十和を安心させたくて顔を上げると、龍の時にしたように目の下を撫でた。

「怖くなんかないよ、変わらず綺麗だった」

「そ、そうか。それならよかった。安心だ」

少しだけ顔を赤くした十和が口を震わせる。

照れている十和を見ながら、楪は自分が今あまり冷静ではないことに気がついた。

アドレナリンが多量に分泌しているせいだろうか。それとも生死をかけた戦いから解放されたからだろうか。とにかく高揚していた。

普通ならば十和の頬を撫でるなんてことできるはずもない。冷静になった時に頭を抱えそうだ、と他人事のように思う。

「と、十和さん」

ふたりの空間に女の悲痛な声が割り込んできた。視線を向けると、夢子が焦がれるような表情で十和を見ていた。

「あの、あの私」

「自分がなにをしたのか理解しているか？」

「え？」

十和の声は今まで聞いたことがないくらい低く、威圧的だ。自分に向けられているわけでもないのに背が震える。

「十和さん、怒っているのですか？　でも、だって、その女が不相応にも婚約者を名乗るから――」

「黙れ」

ぴしゃんと切って捨てるように十和が夢子の言葉を遮る。

「お前は、龍ヶ崎家の婚約者を危険に晒したんだぞ。それがどういうことかわかっているのかと聞いているんだ」

「あ、あ、あの」

「すぐに処分を下す。お前だけではなく、瑠璃川家全体に責任を取ってもらう。覚悟していろ」

夢子は泣きながら顔を押さえた。処分という言葉よりも、十和の冷たい視線がこたえているようだった。

「どうして、その女だったんですか？　どうして私じゃなかったの……」

「答えてやる義理はない」

十和が外に向けて払うような仕草をすると空気が一変した。淀《よど》んでいた空気に清潔な風が入り込んでくる。結界が消えたのだ。

すると外で待機していたらしい季龍や他の龍ヶ崎家の人間が次々と入ってきて、夢子を拘束した。泣き続ける夢子は抵抗する気力がないのか、されるがままになっている。

「楪さん、大丈夫ですか」

駆けつけてきた季龍の心配そうな声に答える。

「はい、十和が来てくれたので、なんとも」

ない、と言おうとしたが、肩を掴まれて言葉が止まった。

「怪我をしている……」

十和が切りつけられた腕を驚愕の顔で見ていた。今まで忘れていたが、まだ血は止まっていない。

そういえば怪我をしていたなと呑気に考えていた楪とは対照的に、十和と季龍は大いに慌てた。

「治療を……今すぐ治癒ができる者を呼べ。腕がいい者を探せ」

十和が周りに呼びかける。

「その前に救急車を呼ぶべきですか？　これは妖魔の傷ですか？」

いつも冷静な季龍も顔面蒼白《がんめんそうはく》でうろたえている。

「いや、そんなに深くないですし、救急車はいらないです。あと妖魔から受けた傷ではないです」

楪は場を落ち着かせようとして言ったが、十和の顔が凶悪なものへ変わる。

「なんだと？　あの女、今すぐ俺が直々に処分してやる」

「落ち着いて……顔と言動が凶悪すぎるよ」

ふたりを宥《なだ》めていると、藤沢のところへ残してきた浅葱がどこからか飛んできて楪の腕に止まった。すると患部が温かくなり傷が少しだけ癒やされる。

「浅葱って治癒の力もあるのね」

「ああ、戦闘メインではあるが、治癒も可能にしてある。あとは俺が治そう」

混乱から回復したらしい十和に手を差し出すと、痛ましそうに血濡れの腕を撫でた。

傷は数分で完全に塞がった。

「妖魔からの攻撃は髪留めが防いでくれたんだけど、夢子さんに切りつけられた時はなんの反応もなかったんだよね、なんでかな？」

「ああ、それは刃物に霊力が籠っていなかったからだろう。その髪留めは霊力に反応するようにしてあった。妖魔に関係する人間ならば霊力を使って攻撃してくるはずだと思い込んでいた。これも改善の余地ありだな」

血が出たせいか急激に眠くなり、ぼんやりし始めた。

十和に手を引かれていつもの高級車に乗り込む。十和の肩に寄りかかると、目を開けていられなくなった。

どうにか目を開けようと格闘している楪の目元を十和が優しく撫でる。あっさり眠気に負けた。

「とわ……隣にいて」

「うん。ずっとそばにいる」

「とわ、あのさ、私──」

伝えたいことがあるのにうまく口が回らない。なんとか口を動かして言葉を紡ぐ。それが声になっていたのか、それとも息が漏れただけだったのか楪にはわからなかったが、十和は頭を撫でていた手を一瞬止めた。

「うん……今度は起きている時に教えてくれ。おやすみ」

穏やかな声を聞きながら楪は意識を手放した。


目が覚めると楪は自室の布団に寝かされていた。体が重く、頭痛に襲われて起き上がれずにいると、隣に座っていた十和が気づいて手を握った。

どうやら思っていたよりも体調が悪かったようで、車で眠ってから半日以上起きなかったらしい。

十和は安心した様子で笑い、雪は心配で生きた心地がしなかったと半泣きでやってきた。夕凪も君原も季龍も他の使用人たちも、顔を出すと安堵した様子で笑った。

ようやく体を起こせたのは、それから数時間後。夕食を食べ損ねたせいで空腹が限界だったので、雪と十和と遅めの朝食を囲いながら事件の話を聞くことになった。

十和は事情を説明し、時折楪が口を挟む。雪は聞き役に徹した。

学校に迎えに来た十和が異変に気がついたのは、楪がいなくなってすぐ。浅葱がぱたぱたと飛んできたからだった。

近くにいた藤沢を捕まえ話を聞き、急いで瑠璃川家へ向かったが、瑠璃川の本家には夢子はいなかった。

どうやら夢子は独断で妖魔を無人の分家の家で飼っていたらしく、本家の人間はやってきた十和から事情を聞き目を剥いていたそうだ。

それから夢子たちの捜索を行ったが、難航した。妖魔がいる場所が特定できなかったのだ。それは姿を眩ます呪具や高度の結界をかける呪符が使われていたせいだった。

その後、十和の元に楪の声が届き、水を介して分家に侵入し制圧した。

楪の予想通り、藤沢は夢子に脅されていたようだ。

瑠璃川家や藤沢家は強い縁を結ぶために女性に結婚を強いることがあると桃が言っていたが、恋愛結婚だった藤沢の両親は娘に結婚を強要しなかった。娘自身の考えを尊重し、実力を評価した上で術者として生きる道を示していたようだ。

そんな藤沢に夢子は権力を振りかざし、楪を連れてこないと年配の男と結婚させると脅した。藤沢が瑠璃川家に歯向かえばどうなるかわからない。藤沢は泣きながら十和に謝罪を口にしたらしい。

「藤沢美月の処罰は龍ヶ崎家に一任されている。俺の婚約者に手を出したのだから無事に返してもらえるとは思っていないだろうな。楪はどうしたい？」

静かな問いかけに楪は答えに悩んだ。

「楪が決めていい。むかつくならそれ相応の罰を与えていい。君にはその権利がある」

噛み砕くように言われ、楪は率直に思ったことを口にした。

「なにも。藤沢さんが悪いわけじゃないから、なにもしないで」

「そうか」

十和は口元にうっすら笑みを浮かべた。恐らく楪がこう答えることはわかっていたのだろう。その顔には少しも驚きがない。

しかし、もし罰を与えてほしいとお願いしても十和は叶《かな》えてくれる気がした。

「藤沢さん、私を逃がそうとしてくれたんだ。最近ずっと顔色が悪かったのも、きっと思い悩んでいたからなんだろうな。知らない人と結婚させられる怖さはわかるよ、すごく」

楪も十和と出会っていなかったら、もしかしたら面識のない年上の男と結婚していたかもしれない。そう思うと、藤沢を責める気持ちは湧いてこなかった。

それに夢子は楪を脅す時に、友人がいる学校に妖魔を放つと言っていた。もしかしたら藤沢も同じように脅されたのかもしれない。

「あの時、会えてよかった」

十和は心底ほっとした様子で言った。

「それは私の台詞では」

「いや。あの時会えていなかったら、楪は別の人間と結婚していたかもしれない。そんなことにならなくてよかった、本当に」

「そうかなあ？　顔合わせしても嫌がられて破談になっていた可能性もあるからね」

宴会で会った結婚予定だった男は酔っていたから結婚に積極的だったが、素面だったら楪など嫌だと突っぱねたかもしれない。

あはは、と笑うと、十和が真顔で首を振った。

「それはないな。楪は魅力しかないからひと目で気に入ったはずだ」

「みっ、魅力、しかない？」

どこらへんが。自分の顔を思い浮かべるが、至って平凡な顔つきをしている。

もしかしたら十和にはとんでもない美人に見えているのかもしれない。あるいは、美しすぎる顔面を毎日見ているせいで美の価値観がおかしくなっているのか。

「十和の審美眼がおかしくてよかった……」

ほっと安堵の息を吐く楪に十和はむっとした。

「おかしくない。楪は可愛い」

「か、かわ、可愛くはない。どこにでもいる顔をしているよ」

「いない。特に目がいい。すごくまっすぐで、綺麗な目をしている」

じっと見つめられ、楪はうろたえた。

「ひっ、え、自己紹介？　それは十和のことでしょ、まっすぐで、世界で一番綺麗な目をしているじゃん。宝石みたい。もしかして鏡越しだと色が変わるのかな？　そうか、十和は自分の綺麗な目を直接見れないのか……」

「そんなに言うほど綺麗じゃない。楪は俺のことを綺麗綺麗と言いすぎだ」

「事実だから……」

十和は自分のことを褒められると、途端に照れた様子で目を逸らした。

褒められるのは日常茶飯事で慣れているはずなのになぜと首を傾げていると、「あの」と控えめな声がした。

ふたりのやりとりを見て雪が顔を赤くしながら口を押さえていた。

「いつもそんな会話をしているの？」

「へ、変でしたか」

「変じゃない。可愛すぎてびっくりしちゃった」

「可愛い？」

どこにそんな要素があったのかわからず疑問を浮かべ十和と顔を見合わせると、雪はほのぼのした様子で微笑む。

「ふたりとも褒め合っててすごく可愛い。お互いのこと大好きなんだね」

まったく意識していなかったが、確かに雪の前で十和の容姿を散々褒めていた。そして十和も楪のことを過剰に褒めていた。

大好きなのは間違いないが、雪に指摘されると恥ずかしくなり、十和からさっと目を逸らした。

雪は気にした様子もなく笑っているが、親の前でする話ではなかった。しかも婚約者といっても偽物で、楪は未だに十和に告白もできていない。

そもそも襲撃事件が解決した後はこの関係はどうなるのだろうか。そのまま継続するにしても、想いは伝えなければいけない。

十和は楪に対して愛情を示しているが、それがいつまで続くかわからない。告白をしなければ。十和の想いが変わってしまう前に。

決意を固めて十和に視線を向けると優しげに見つめられ、楪は顔を赤らめた。

最終章

楪は一日だけ学校を休み、体の不調がなくなったのを確認して翌日登校した。襲撃事件は箝口令《かんこうれい》がしかれていたので、噂のひとつも回っていなかった。楪は風邪で休んでいたことになっていた。

登校すると桃がいつも通り声をかけてきたので、日常にほっと安堵の息を吐く。

「少し、いい？」

藤沢が話しかけてきたのは、昼休憩の時だった。固い顔をしたまま隣で立ち尽くす藤沢に楪は少しだけ笑った。

心配そうな桃に大丈夫だと手を振り、藤沢とふたりで誰も使っていない空き教室へやってきた。扉を閉めるなり、藤沢は頭を下げた。

「ごめんなさい。本当にすみませんでした」

土下座でもしそうな勢いに呆気に取られていたが、藤沢の手が震えていることに気がつき、すぐに顔を上げさせる。一昨日ぶりに見た藤沢の顔は目が真っ赤で、顔は相変わらず白かった。もしかしたらこの間よりも顔色が悪いかもしれない。

どうしたのか問うと、藤沢は首を振った。

「夢子がなにをしたのか話を聞いた。椎名が大きな怪我をして休んでるって聞いた時、ああとんでもないことしちゃったと思った。私は助けてもらったのに、私は助けてあげられなかった」

「だって脅されていたんでしょ」

「そんなの理由にならない」

「なるよ」

　楪の目に、藤沢が妖魔と対峙していた時の凛々《りり》しさが浮かぶ。

　楪にとって藤沢はずっと強い人だった。その藤沢があそこまで取り乱したのだから、夢子への恐怖心を推し量るには十分だった。

「いきなり知らない人間と結婚しろって言われたら怖いよ。自分の道が塞がれそうでつらい。藤沢は私のこと好きじゃないし、夢子に渡すくらいいいかって考えるのは普通だって」

　藤沢が驚いた顔をしたので「ごめん、十和から聞いちゃった」と頭を下げる。

　気分を害したかと思ったが、そんなことはなかった。

「……私、ずっと椎名が嫌いだった。弱いくせにへらへらしてて、それなのに怖いものなんてないっていう振る舞いをするから。私はこんなに夢子さんが怖いのに、どうしてこいつは弱いのに笑ってられるんだって腹が立ってた」

「へらへらしていたかな」

　自覚がなかったので口が引きつる。まさかそんな理由だとは考えもしなかった。

「全然椎名のこと知らないのにね。勝手にこうだと決めつけて嫌ってた。ごめんなさい」

藤沢はくしゃりと顔を泣きそうに歪めた。

「や、全然。気にしてなかったよ」

楪の言葉は嘘ではない。家でまるでいない者のように扱われていた時期もあり、空気のように扱われるよりは嫌いだと態度で示されるほうが存在を認められているようで安心していた。家庭環境を心配されそうなので言わないが。

「……あ、あのさ。龍ヶ崎家からお咎《とが》めの件は椎名に直接聞けって言われたんだけどさ、あれって」

「ああ、そうだった」

藤沢へのお咎めはなし、と楪は提案したが、龍ヶ崎家としては婚約者を危険な目に遭わせた人間に対して罰を与えないのは問題があった。

龍ヶ崎家は婚約者に手を出してもなにも咎めなかったなどと噂が広がれば、楪に危害を加えようとする者が現れかねない。しかも龍ヶ崎家が他の家からその程度だと侮られる可能性もある。なので、表向きにはなにかしらの咎が必要だった。

そこで藤沢家には、処分は楪が直々に娘の美月に伝えると言ってあった。

「龍ヶ崎家から処罰があるのが当然。どんな罰だって受けるわ」

「そう？　じゃあ、呪符の作り方を教えてくれないかな」

「……え？　呪符？」

藤沢は数回瞬いた。

「実はさ、夢子さんと戦闘になった時に呪符を使ったんだけど、全然効かなくて。自分の実力からして当たり前だと思っていたんだけど、十和が気にしてて」

瑠璃川家で夢子と使用人に投げつけた呪符の残骸を見た十和は、『逢魔で三年間習っているんだよな』と驚愕していた。それぐらい楪の呪符はひどいものだったらしい。見た目は完璧だが、力の籠め方が悪い。子供の方がまだまし、などと散々な言われ方をした。

十和にあそこまで酷評されたのは初めてだったので、よほどひどいのだろうなと少し危機感を覚えた。

十和に教えてもらおうと思ったが、天才肌の十和は教えるのが絶望的に下手だった。その上楪には十和の予想の数倍才能がなかったので、初歩で断念した。

「藤沢さんは呪符を作るのが上手だから教えてほしいんだ。いいかな？」

「いいけど、そんなことでいいの？　もっとこう、下僕になれとか、学校来るなとかそういう命令とかはないの」

楪は笑って首を振る。

「ないよ、なにそれ。処罰ってそんな感じなの？」

「いや、私も知らないけど。それくらいされても当然なことはやったと思っていたから、そんな軽くていいの？」

「軽くないよ。私、本当に呪符とか作る才能ないから、いろいろ教えてもらえる方がありがたいよ」

呪符が作れるようになれば、妖魔と対峙した時に慌てることも無力を嘆くこともなくなる気がした。

「わかった。私でよければよろしく」

そっと出された手を握る。これでこの話は全部終わりにしようと言うと、藤沢は渋ったが頷いた。

藤沢の手は温かく、部屋に入ってきた時の緊張はなくなっていた。

「そういえば一個聞きたかったんだけど、どうして十和の婚約者候補を名乗っていたの？」

藤沢の両親は娘に結婚を強要していないのなら、十和と結婚する必要はなかったはずだ。その疑問に、藤沢はさも当然とばかりに胸を張って答えた。

「そりゃあ、あの龍ヶ崎十和と結婚できるのならしたいわよ。容姿が完璧な上に、実力も祓い屋界隈でトップクラス。龍ヶ崎家との縁ができるなんて最高。そんな男なら誰でも結婚したいと思うでしょ」

「そ、そっか」

「まあ、龍ヶ崎十和はあんたに夢中みたいだけど」

「え？」

すっかりいつもの調子に戻った藤沢に胡乱《うろん》な目を向けられ、ドキリとした。

「あんなに愛されているくせに、まさか気づいてないわけないよね？　あんたがいなくってわかった時の龍ヶ崎十和の動揺具合はすごかったわ。怒鳴ったりはなかったけど、触れたら切れるような雰囲気で、すごく必死で、ああこの人本当に椎名のこと好きなんだなって、思った、んだけど……自覚はあるみたいね」

楪の顔は真っ赤になっていた。

愛されているのは言動からわかっていたつもりだった。でも楪が見えている部分でしか愛情を測れていなかった。きっとすごく心配をかけたのだろう。

十和の手を思い出すと無性に会いたくなった。

それと同時に、なぜそんなに愛してくれるのか疑問だった。

襲撃事件が解決した二週間後。楪は十和と共に実家の前にいた。

「来ちゃった……」

「どうした？　大丈夫か？」

「だ、大丈夫」

本当はまったく大丈夫ではないが、無理やり笑みを浮かべてみせた。

事の発端は襲撃事件が解決し、十和の任務が忙しいこともあって今後の話し合いができないまま一週間が過ぎた金曜のこと。龍ヶ崎家に楪の両親から手紙が送られてきたのだ。

安全を確認した上で封を開け、中身を確認したところ、たまには家に帰ってきなさい。皆寂しくしています。顔を見せてほしい。という内容だった。

受け取った楪はもちろん、雪や夕凪、他の使用人も信用していなかった。

行かない方がいいと止めたのは雪だった。母親と玄関越しに対峙して動揺する楪のことを間近で見ていた人間は皆反対した。なにをされるかわからないとまで言われた。

その一方で、楪の判断を仰いだのは十和だった。

会いたいなら行けばいい。会いたくないなら行かなくていい。誰も咎めない。十和の言葉に、楪は逡巡《しゅんじゅん》した後に答えを出した。

けじめをつけよう。騙し討ちのように家を出たから、最後の挨拶をしようと決めた。

『わかった。俺もついていく』と頷いた十和の任務がない日曜の昼間に実家までやってきたのだが、家が目についた途端、胃が重くなった。ずっと自分が暮らしていた家なのに、見るのすら嫌だった。

嫌悪感に吐きそうになりながらインターホンを押すと、すぐに母親が顔を出した。十和が一緒に来ることを事前に知らせていたので、その顔に驚きはない。それどころか楪に対しての嫌悪感もなくて驚いた。

「よく帰ってきたわね。十和さんもいらっしゃい。どうぞ入って」

先に家の中に入った母親の背を見ながら、楪は隣に立つ十和の袖を握った。

「楪？」

「どうしよう、怖い」

悪意が感じられないのが怖い。母親の顔は悪いものが表に出ないように塗り固めた能面のようだった。それは嫌悪感を向けられるよりもずっと恐ろしい。

「帰ろう」

手を握った十和が躊躇いなく引き返そうとするので、慌てて止める。

「ごめん、嘘。大丈夫。大丈夫だから」

「楪の意思を尊重するが、嫌なら会わなくていい。怖いなら逃げた方がいい」

このまま十和の手を握って逃げてもきっと誰も咎めない。よく頑張ったね、怖かったねと慰めてもらえるかもしれない。でも、それでは自分が納得できなかった。

楪は大きく息を吐いて気合を入れ、十和に笑いかけた。

「ごめん、もう大丈夫。行こう」

ついてこない楪たちを呼ぶ母親の声に返事をしながら中に入る。

通された客間には既に父親の姿があり、目が合うと否応なしに体が強張った。

姫花も部屋にいたのだが、その表情はどこか暗く、楪と目が合うと小さく首を振った。

なにか恐ろしい思惑の気配を感じる。予想していた通りただ顔が見たいだけではないらしい。

「おかえり。十和さんはいらっしゃいませ。今日はわざわざお越しくださりありがとうございます」

「招かれていないのに押しかけて申し訳ない。楪が心配だったもので」

「いえいえ、十和さんにもお話がありますので来ていただけて嬉しいですよ。さあ、どうぞ座ってください」

楪と十和が正面に腰を下ろす。そのタイミングで美枝がお茶を持って部屋に入ってきた。

十和の顔を初めて見た美枝はしばし呆然とした後にぼっと顔を赤くさせ、媚《こ》びるような視線を向ける。

「これどうぞ」

思わず不快感に顔を歪めると、宥めるように指を撫でられて視線を上げる。十和は楪だけを見て微笑んでいた。

無視をされた美枝はぎゅっと顔をしかめ、楪を睨んでから部屋を出ていった。

「話を」

出された飲み物を口にせずに十和が淡々とした口調で促すと、親がこれまで見たことがない笑みを浮かべた。

「なにかの手違いでそちらが婚約してしまったようなのですが、本来龍ヶ崎家に嫁ぐべきなのは娘の姫花です。ぜひ姫花を紹介させてください」

「なにを言っている？」

十和の声が低く剣呑さを帯びたが、両親は気づいていないようだった。

「どうやって取り入ったのかはわかりませんが、その子にはなんの力もなくて、十和さんの役に立つとは思えません。それに顔も、十和さんの隣に立つには恥ずかしいでしょう」

「恥ずかしい？」

「はい。婚約者などと厚かましく名乗っていますが、それの額と背中には――」

がん、と鈍い音が部屋に響いた。

隣を見ると十和が拳をテーブルに打ちつけていた。俯いていた十和の視線が持ち上がると、怒りで燃える目が両親を射抜く。

「話はそれだけか？　ぺらぺらとよくもまあくだらないことを言ったものだ。楪の両親だからと大目に見ていたが、これ以上楪を貶《おとし》めるようならそれ相応の罰を受けてもらう」

そう吐き捨てると楪の手を取って立ち上がろうとした。

突然帰ろうとし始めた十和に混乱した母親が声を張り上げた。

「待ってください。十和さん。それは駄目です。その子は、傷ものなんですよ」

母親の言葉に楪の体がぎくりと強張った。

思わず空いている手で額の傷を押さえると、蒼白になった楪の顔を見て母親が笑った。やはり傷のことは教えていないんだなと嘲るような笑みに呼吸が止まる。

楪は額の傷も背中の傷も十和に言っていない。事件のことで精いっぱいで忘れていた。

「額と背中に傷があるんですよ。女の傷は致命的でしょう。さあ、もうそれとの婚約はやめて――」

「それがどうした？」

十和は呆れた様子で小首を傾げた。

「え？」

「傷があるからなんだと言うんだ。傷ごときで楪の魅力が損なわれるわけがないだろう」

帰ろうと促されたが、楪はその場から動かなかった。

「楪？」

現金なもので、不安が消えると人は強くなれる。十和が『傷ごとき』と言うならば、楪もそうして笑い飛ばしたかった。

しんどい時こそ胸を張る。心の中で呟き正座をしたまま両親に向き直った。

「お父さん、お母さん。ふたりの期待に応えられず、姫花を危険に晒してしまいすみませんでした。私は自分の生きたい場所で生きます。もうここへ帰ってきません。今まで育ててくださりありがとうございました」

心地いい場所ではなかったが、育てられたのは事実だ。謝罪と感謝を口にして、いらないものは置いていく。もうここへは帰ってこない。

その言葉は楪なりのけじめだった。

ひと息で言い切ると、ふたりの顔を見ずに立ち上がり十和と共に外へ出る。背後から両親が追ってくることはなかった。

家を出てすぐに、追ってきた姫花に呼び止められて足を止める。

「ゆずちゃん……」

姫花はなにか言おうとして口を開け、また閉じ、ぐっと噛みしめるような仕草をした後に笑った。

「幸せになって」

目を潤ませる姫花をたまらず抱きしめると、背に小さな腕が回る。

「ごめん、ごめんね、姫花」

「なんで謝るの。謝るのは私のほうなのに。ずっとゆずちゃんに甘えて、お父さんたちから守ってあげられなかったのに」

ひとりだけ地獄から解放されるような気分だった。実家は思っていたよりもずっと息苦しく、呼吸もままならない。そこへ姫花を置いていくのが忍びなかった。

一緒に行きたい、と口に出す前に姫花が首を振った。

「私はここでも大丈夫。ゆずちゃんがいないのは寂しいけど、学校で会えるもんね」

ぎゅっと抱きしめた後、ふたりは離れた。いつ両親が家から出てくるかわからない。ずっとここへはいられなかった。

「龍ヶ崎十和さん。ゆずちゃんのことよろしくお願いします」

「ああ、必ず幸せにする」

姫花が頭を下げると、十和は真剣な表情で頷いた。

迎えの車はここから離れたところに呼び、そこまで歩くことにした。

隣に立つ十和の手が楪の手をしっかりと握っている。冷たい大きな手に握られると守られているようで安心した。

「ごめん」

「なんで楪が謝るんだ」

「不快にさせたから。なんとなく、こうなるのはわかっていたんだ。期待していなかったというか」

扉を開け、楪たちを招き入れた時に母親はやはり楪の名前を呼ばなかった。その時に両親の思惑はなんとなくわかっていた。しかし帰らなかったのはきちんと終わりにしたかったからだ。両親に対するわだかまりを家に置いていきたかった。

「問題ない。腹は立つがな」

ふんと鼻を鳴らした十和は、腹が立つと言いながらも怒っている様子はなかった。

「傷、本当に気にしない？」

「しない。けど」

「けど？」

不意に十和が足を止めた。

「楪は傷のことでいろいろ言われていたのか？　だったら治癒が使えなかった昔の俺に腹が立つ」

「十和のせいじゃないよ。私が自分で治せたらよかったんだよ」

「いや、昔は治癒なんてできなくても問題ないと修行をしていなかったんだ。修行をしていれば、治せた」

拗ねたような顔に口元が緩んだ。

「あの時、助けてくれてありがとう。命の恩人なのに気づくのが遅くなってごめん」

十和は気にするなと首を振る。

「あんなことがあったんだ。覚えていなくても仕方がない。それに暗がりだったからお互いに顔がよく見えていなかっただろう」

「そうだけど、十和は気づいていたんでしょ」

「まあな。俺は人よりも目がいいからな。楪だって龍の姿の俺を見て気づいたんだろう?」

父親に暴力を振るわれた日や傷が痛む日は、助けてくれた龍を思い出して眠ることもあった。忘れたことなど一度もなかった。

「そうだね。忘れられないよ」

「それならいい」

向けられた笑顔にきゅっと胸が疼《うず》いた。

十和が上機嫌で歩き出す。先を行く背中に、ずっと胸につかえていた言葉を吐き出した。

「私、まだ十和の婚約者でいていい？」

十和が足を止め、驚いた様子で振り返る。

「あ、いや、違う。こんなこと言いたかったんじゃなくて」

「棵」

そっと手を引かれ、十和との距離が近づく。見上げた先にいた十和は焦がれるような顔で棵を見ていた。

甘く名前を呼ばれると、言おうとしていた言葉が喉の奥に引っかかってうまく出てこない。

「は、はわ……」

十和の手が頬を撫でる。

近い、近すぎる。そう思うのに抵抗することができなかった。

「棵、俺は――」

「十和様」

突如入り込んできた声にふたりは動きを止めた。

ちらりと視線を向けると、いつの間にか隣に止まっていた高級車の運転席から季龍が顔を覗かせていた。

「公共の場ですから、慎んでください」

「は、はい。すみません」

自分たちのことで夢中になりすぎて周りが見えなくなってしまっていた。幸い人がいなかったが、公共の場ですることではなかった。

慌てて十和から離れ、赤くなった顔を押さえたまま車に乗り込む。それから家に着くまで、口を開かなかった。


龍ヶ崎家に到着した途端、十和は楪の手を引いて歩き出した。

「ちょっと待って、十和」

廊下ですれ違う人が微笑ましそうに見てくるのがいたたまれない。手を離してほしいと言っても聞いてくれなかった。

「しばらくは緊急の要件以外呼ぶな」

十和は廊下にいる使用人たちに声をかけると、部屋に入って扉を閉めた。

そこはがらんとした和室だ。未だに家具がない楪の部屋と同じくらい物がない。しかし壁にかけられた見覚えのある羽織から十和の部屋だと気がつく。

ここに入ったのは初めてだ。興味津々で部屋を見渡していると、手を引かれて十和に抱きしめられた。

「と、とわ」

驚いて咄嗟に離れようとした楪の耳を十和の吐息が掠《かす》める。

「好きだ」

切羽詰まったような声に突っぱねていた手が止まる。

「俺は楪が好きだ。ずっとそばにいてほしい」

背中に回る手に力が籠る。

「私も、十和が好き。大好き」

不思議なくらいあっさりと愛の言葉が口から飛び出していく。こんな簡単だったのかと十和の背中に手を回しながら思う。

「十和は、私のどこが好きなの？　いつ好きになってくれたの」

この際だから聞いておきたかった。

十和が体を離し、楪の目を見つめながら言う。

「昔、楪が泣いたから。血まみれでぼろぼろのまま泣いていたのに、強くなろうとするところが素敵だと思った。月あかりに照らされた楪のことをずっと忘れられなかった。くじけない強い目が印象的だったんだ」

「泣いたのに強いの？」

「泣くのは悪いことではない。楪は妹を守りながら立ち向かっただろう。勇気ある人間が安堵と不安で涙を流すのを笑う人間はいない。あの日からずっと楪のことを忘れられなかった。だから学園で再会した時に治癒の能力とは関係なく、絶対に一緒にいたいと思った。共に過ごすうちに、さらに楪を好きになったよ。可愛くてたまらなくて」

十和の眼差しがあまりにも甘く、見ていると頭がおかしくなりそうで、さっと目を逸らした。

すると、十和の手がおもむろに楪の方へ伸び、頬を滑って前髪に触れた。優しくかき分けられ、白い傷痕が露出する。十和はその傷を撫で、それから顔を近づけて唇を寄せた。

ちゅ、と小さく音が鳴り、傷痕にキスをされた。

「この傷が楪の一部なら、俺はこの傷ごと楪を愛するよ」

恥ずかしさを感じる以上に心が満たされ、目を閉じると涙が滲む。

傷痕があると結婚できない。誰も愛してくれないと蔑まれていた自分がようやく救われたような気がした。

食事に呼ばれるまでふたりで過ごそうと、十和の部屋で話している時。ずっと心の中にわだかまっていたことを口にした。

「私、雪さんには契約だったことを話しておきたい」

結果的には嘘にならなかったが、騙していたことには変わりない。雪にはどうしても嘘をついていたくなかったので打ち明けたい。

怖い気持ちはもちろんある。しかし、全部話したうえで受け入れてほしい。

「ああ、それなら問題ない。母さんは知っていたぞ」

一瞬なにを言われたのか理解できなかった。

「……え？　知っていたってなにを」

「俺がずっと楪のことを好きだったのも、最初は契約だったのも。ちなみに家の人間は全員知っている」

「な、なんで？　それで皆、納得したの？」

「納得させたんだ。絶対に落として結婚するから安心してかまえていろと言っておいた」

信じられない気持ちで何度も目を瞬く。

「でも雪さん、初対面で十和のどこが好きなのって聞いてきたよ？　契約だと思っていたなら、そんなこと聞かないんじゃ……」

「宴会前の控室でいちゃついていたから付き合い始めたと勘違いした夕凪から母さんに話が伝わったのかもな」

「い、いちゃついてた？」

控室といえば、十和に髪飾りを渡されたくらいしか記憶にない。確かあの時、部屋には夕凪がいた。彼女の目にはふたりは相思相愛に見えていたのだろうか。

恥ずかしくてたまらなくなった。

「私、結構悩んだのに。告白とか、どうしようって」

「ああ、それも」

十和がなにか言葉を発しようとしたが、すぐに口を閉じた。

「なに？」

「いや、櫟は覚えていないようだが、瑠璃川家から帰る時に車の中で俺に好きだと告白していたぞ」

瑠璃川家、車。と聞き思い出したのは、眠る寸前に呟いた言葉だった。

——私、十和が好きだよ。

「わあああ」

てっきり言葉にならなかったと思っていたのに、しっかり口にしていたらしい。

散々悩んだ自分が馬鹿みたいで顔を覆った。

両想いなのは嬉しいが、空回っているみたいで恥ずかしい。

「俺だって必死だったんだぞ。どうしても櫟と生きていきたかったから」

十和も余裕がなかったのだ。

そろりと視線を上げる。十和は困ったように笑っていた。

「恋愛結婚しかしないって言っていたらしいけど」

「楪以外と結婚する気はなかった。どうして好きでもない相手と結婚なんかしないといけないんだ」

「昔から、ずっと好きでいてくれたの？」

十和はふっと目元を和らげて笑った。

「俺は一途なんだ」

一途すぎる想いに、驚くよりも感動を覚えた。同時に、十和に見合うような気持ちを返し、隣に立っても恥ずかしくない人間になりたいと思った。

「まずは、呪符かな……頑張ろ」

「なんの話だ？　努力するのなら、まず俺のことを癒やしてくれ」

「ふふ。うん。じゃあ手を出して」

はい、と差し出された冷たい手を握り、美しい薄紫色の目を見つめながら楪は全力で癒やしを与えた。

これからもずっと隣で笑っていられますように、と願いを込めて――。

おわり

あとがき

はじめに『傷もの花嫁と龍神の契約結婚』を手に取ってくださりありがとうございます。

この物語は当初、虐げられているヒロインが地位も名誉もある完全無欠のヒーローによって幸せになるお話でした。物語の大筋は変わりませんが、改稿を繰り返す内にヒーローである十和にも龍神であるがゆえに人との差異に苦悩している描写が増えました。

今作のヒロインである楪は十和によって助けられますが、十和も楪の言葉や眼差しに救われています。できあがった作品は、お互いを支え合う話になりました。

楪の十和を支える優しさの原点は妹を守りたいという思いでした。実は改稿段階で姫花の性格を変える案がありましたが、楪の近くにひとりは優しい人を置きたかったのと、楪という人物を形作るのに優しい妹という存在がなくてはならないと思い、そのままの性格で進めさせてもらいました。

優しい物語を目指したので読了後に少しでも温かい感情が残っていたら幸いです。

最後になりますが、この作品を出版するにあたって尽力してくださった関係者の皆様、ここまで読んでくださった読者様、本当にありがとうございました。

水瀬蛍

この物語はフィクションです。実在の人物、団体等とは一切関係がありません。

水瀬蛍先生へのファンレターのあて先
〒104-0031　東京都中央区京橋1-3-1　八重洲口大栄ビル7F
スターツ出版（株）書籍編集部 気付
水瀬蛍先生

傷もの花嫁と龍神の契約結婚

2024年4月28日　初版第１刷発行

著　者　　水瀬蛍　

発 行 人　菊地修一
デザイン　フォーマット　西村弘美
　　　　　カバー　北國ヤヨイ（ucai）
発 行 所　スターツ出版株式会社
　　　　　〒104-0031
　　　　　東京都中央区京橋1-3-1　八重洲口大栄ビル7F
　　　　　TEL　03-6202-0386（出版マーケティンググループ）
　　　　　TEL　050-5538-5679（書店様向けご注文専用ダイヤル）
　　　　　URL　https://starts-pub.jp/
印 刷 所　大日本印刷株式会社

Printed in Japan

ISBN　978-4-8137-1577-1　C0193

スターツ出版文庫　好評発売中!!

『東西南北あやかし後宮の生贄妃』　琴織《ことおり》ゆき・著

かつて激しい天災に見舞われ滅亡しかけた鴻国の人々は幽世に住まう妖王に救いを求めた。妖王は願いを受け止め、冥世を作り上げた。冥世では東西南北に配置した四つの宝玉に生贄を捧げることで安寧が保たれる。そして、宝玉に選ばれた生贄は皇帝の番として贄妃となり――。後宮入りした贄妃を待っていたのは果たして……？これは、鬼・宵嵐、虎・紫空、蛇・炯明、龍・憂岑の贄妃として後宮入りした少女たちが、愛を知り、幸せになるまでの4つのシンデレラ物語。

ISBN978-4-8137-1564-1／定価781円（本体710円+税10%）

『卒業　君との別れ、新たな旅立ち』

いつもいい子を演じてしまい、そんな自分を好きになれないさくら。（『卒業日カレンダー』川奈あさ）“ある秘密”を抱え、それを隠しながら生きる美波。（『未完成な世界で今日も』遊野煌）、ずっと押し込めてきた恋心を伝えられずにきた世莉（『桜の樹の下の幽霊』時枝リク）、付き合って一年半になる彼女から、突然「ひとを殺してきた」という手紙をもらった大知（『彼女はもう誰も殺せない』櫻いいよ）。出会いと別れの季節、それぞれの抱える想いからも“卒業”し、新しい一歩を踏み出す姿に心救われる一冊

ISBN978-4-8137-1548-1／定価682円（本体620円+税10%）

『君がくれた「好き」を永遠に抱きしめて』　miNato《みなと》・著

幼い頃に白血病を患った高校一年のひまり。もう家族を悲しませないように、無理に笑顔で過ごしていた。ある日、同じ通学バスに乗る晴斗と仲良くなり、病気のことを話すと「俺の前では無理するな」と抱きしめてくれた。ふたりは同じ時間を過ごすうちに、惹かれあっていく。しかし、白血病が再発しひまりの余命がわずかだと分かり――。それでも「ずっとそばにいる。どんなことがあっても、俺はお前が好きだ」と想いをぶつける晴斗と最後まで笑顔で一緒にいることを決めて――。一生に一度、全力の恋に涙の感動作。

ISBN978-4-8137-1549-8／定価737円（本体670円+税10%）

『無能令嬢の契約結婚～未来に捧げる約束～』　香月文香《こうづきあやか》・著

異能が尊ばれる至間国に、異能が使えない「無能」として生まれ、虐げられてきた櫻子。最強の異能使いの冷徹軍人・静馬に嫁ぎ、溺愛される日々。そんな中、櫻子の前に静馬の元婚約者と名乗る伯爵家の令嬢・沙羅が現れる。彼女は「静馬の妾になりに来たのよ」と、櫻子に宣戦布告!?“封印”の強い異能を持つ美貌の沙羅は、無能で奥手の櫻子とは真逆で、女性の魅力に溢れている。初めて嫉妬という感情を覚えた櫻子は、ある大胆な行動に出るが…。愛を知らぬ夫婦に生まれた甘く幸せな変化とは――？

ISBN978-4-8137-1550-4／定価737円（本体670円+税10%）

スターツ出版文庫　好評発売中!!

『偽りの少女はあやかしの生贄花嫁』　巻村螢《まきむらけい》・著

祓魔を生業とする村には『新たなあやかしの王が立つ時、村から娘を生贄として捧げなければならない』という掟があった。そこに生まれた菊は純粋な村の血をひいておらず叔父母や従姉のレイカから忌み子と虐げられる毎日。ある日、新たな王が立ち生贄にレイカが選ばれたが、菊と入れ替わろうと画策され、身代わりの生贄となった菊。死を覚悟し嫁入りしたが、待っていたのは凛々しい目の美しい青年だった。「俺は、お前だから愛するんだ」待っていたのは、胸が締め付けられるような甘くて幸せな、初めて知る愛だった。

ISBN978-4-8137-1551-1／定価704円（本体640円+税10%）

『拝啓、私の恋した幽霊』　夏越《なごし》リイユ・著

幽霊が見える女子高生・叶生。ある夜、いきなり遭遇した幽霊・ユウに声をかけられる。彼は生前の記憶がないらしく、叶生は記憶を取り戻す手伝いをすることに。ユウはいつも心優しく、最初は彼を警戒していた叶生も、少しずつ惹かれていき…。決して結ばれないことはわかっているのに、気づくと恋をしていた。しかし、ある日を境にユウは突然叶生の前から姿を消してしまう。ユウには叶生ともう会えない“ある理由”があった。ユウの正体はまさかの人物で――。衝撃のラスト、温かい奇跡にきっと涙する。

ISBN978-4-8137-1534-4／定価726円（本体660円+税10%）

『愛を知らぬ令嬢と天狐様の政略結婚』　クレハ・著

幼き頃に母を亡くした名家の娘・真白。ある日突然、父に政略結婚が決まったことを告げられる。相手は伝説のあやかし・天狐を宿す名家・華宮の当主。過去嫁いだ娘は皆、即日逃げ出しているらしく、冷酷無慈悲な化け物であると噂かれていた。しかし、嫁入りした真白の前に現れたのは人外の美しさを持つ男、青葉。最初こそ真白を冷たく突き放すが、純粋無垢で真っすぐな真白に徐々に心を許していき…。いつも笑顔だが本当は母を亡くした悲しみを抱える真白、特別な存在であるが故に孤高の青葉。ふたりは“愛”で心の隙間を埋めていく。

ISBN978-4-8137-1536-8／定価671円（本体610円+税10%）

『黒龍の生贄は白き花嫁』　望月《もちづき》くらげ・著

色彩国では「彩の一族」に生まれた者が春夏秋冬の色を持ち、四季を司る。しかし一族で唯一色を持たない雪華は、無能の少女だった。出来損ないと虐げられてきた雪華が生かされてきたのは、すべてを黒に染める最強の能力を持つ黒龍、黒耀の贄となるため。16歳になった雪華は贄として崖に飛び込んだ――はずが、気づけばそこは美しい花々が咲き誇る龍の住まう国だった。「白き姫。今日からお前は黒龍である俺の花嫁だ」この世のものと思えぬ美しい姿の黒耀に、死ぬはずの運命だった色なしの雪華は“白き姫”と溺愛されて…⁉

ISBN978-4-8137-1538-2／定価682円（本体620円+税10%）

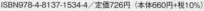

スターツ出版文庫　好評発売中!!

『偽りの男装少女は後宮の寵妃となる』　松藤《まつふじ》かるり・著

羊飼いの娘・瓔良は“ある異能”で後宮のピンチを救うため、宦官として潜入することを命じられる。男装し、やってきた後宮で仕えるのは冷酷無慈悲と噂の皇帝・風駕。しかし、何故か風駕は宦官である瓔良だけに過保護な優しさを見せ…。まるで女性かのように扱い好意を露わにした。彼に惹かれていく瓔良。自分は同性として慕われているだけにすぎない、と自身に言い聞かせるが、風駕の溺愛は止まらず…。まさか男装がバレている⁉「お前が愛しくてたまらない」中華風ラブファンタジー。

ISBN978-4-8137-1537-5／定価715円（本体650円+税10%）

『鬼の生贄花嫁と甘い契りを五～最強のあやかしと花嫁の決意～』　湊 祥《みなとしょう》・著

生贄として嫁いでから変わらず、鬼の若殿・伊吹から最愛を受ける凛。幸せな日々を送る彼らに、現あやかしの頭領・大蛇から次期あやかし頭領選挙を行うと告げられる。対立候補は大蛇の息子・夜刀。花嫁の強さも比べられるこの選挙。人間の凛には妖力がなく負い目を感じるが「俺は凛がそばにいてくれているだけでいい。妖力なんかなくたって、そのままの凛でいいんだよ」優しい言葉をかけられた凛は伊吹のため、たとえ自分を犠牲にしてでも役に立ちたいと決意する。超人気和風あやかしシンデレラストーリー第五弾！

ISBN978-4-8137-1520-7／定価693円（本体630円+税10%）

『鬼の軍人と稀血の花嫁』　夏《なつ》みのる・著

人間とあやかしの混血である“稀血”という特別な血を持つ深月は、虐げられる日々を送っていた。奉公先の令嬢の身代わりに縁談を受けることになるが、祝言の夜、あやかしに襲われてしまう。深月を守ってくれたのは、冷たい目をした美しい青年——最強の鬼使いと名高い軍人・暁だった。「ずっと待っていた。君と出会う日を——」ある理由から“稀血”を求めていた暁は、居場所の無い深月を偽りの花嫁として屋敷に連れ帰る。最初はただの偽りの関係だったはずが…傷を秘めたふたりは徐々に惹かれ合い——。

ISBN978-4-8137-1521-4／定価660円（本体600円+税10%）

『たとえもう会えなくても、君のいた奇跡を忘れない。』　湊 祥《みなとしょう》・著

高校生・藍は、6年前の事故で両親を亡くしてから無気力になっていた。ところがある日、水泳大会の係を明るいクラスの人気者・蒼太と一緒にやることになる。何事にも一生懸命な蒼太に心を動かされ、少しずつ前向きさを取り戻す藍。「もう死ぬなんて言うなよ」どんな時も藍のことを守り、藍にだけ特別優しい蒼太に惹かれていく。でも、蒼太には、藍が遭った事故と関係する秘密があって——。ラストに隠された真実に涙‼

ISBN978-4-8137-1535-1／定価715円（本体650円+税10%）

スターツ出版文庫　好評発売中!!

『残酷な世界の果てで、君と明日も恋をする』　水瀬《みなせ》さら・著

高２の莉緒はあることから親友に裏切られ、学校での居場所を失くしていた。もう消えちゃってもいいかな――。と、歩道橋の手すりをつかんだある日、幸野悟と出会った。「また明日！」彼の言葉に、明日になれば、何かが変わるかもしれない…そう期待してしまう。翌日、莉緒と同じクラスに悟が転校してきたのをきっかけに、いつしか彼に惹かれていく。少しずつ日常が変わり始めてきたと思い始めたある日、悟の秘密を知ってしまい――。衝撃の事実に涙が止まらない、青くて痛い今を生きる君へ送る青春恋愛ストーリー。

ISBN978-4-8137-1533-7／定価704円（本体640円+税10%）

『龍神の100番目の後宮妃～宿命の契り～』　皐月《さつき》なおみ・著

天涯孤独の村娘・翠鈴は、国を治める100ある部族の中で忌み嫌われる「緑族」の末裔であることを理由に突然後宮入りを命じられる。100番目の最下級妃となった翠鈴は99人の妃から虐げられて…。粗末な衣装しか与えられず迎えた初めての御渡り。美麗な龍神皇帝・劉弦は人嫌いの堅物で、どの妃も門前払いと聞いていたのに「君が宿命の妃だ」となぜか見初められて――。さらに、その契りで劉弦の子を身籠った翠鈴は、一夜で最下級妃から唯一の寵姫に!?　ご懐妊から始まるシンデレラ後宮譚。

ISBN978-4-8137-1508-5／定価693円（本体630円+税10%）

『さよなら、２％の私たち』　丸井《まるい》とまと・著

周りに合わせ、作り笑いばかり浮かべてしまう八枝は自分の笑顔が嫌いだった。そんな中、高校に入り始まった“ペアリング制度”。相性が良いと科学的に判定された生徒同士がペアとなり、一年間課題に取り組んでいく。しかし、選ばれた八枝の相手は、周りを気にせずはっきり意見を言う男子、沖浦だった。相性は98%、自分と真逆で自由奔放な彼がペアであることに驚き、身構える八枝。しかし、沖浦は「他人じゃなく、自分のために笑ったら」と優しい言葉をくれて…。彼と過ごす中、八枝は前に進み、“自分の笑顔”を取り戻していく――。

ISBN978-4-8137-1517-7／定価682円（本体620円+税10%）

『はじめまして、僕のずっと好きな人。』　春田《はるた》モカ・著

過去の出来事から人間関係に臆病になってしまった琴音は、人との関わりを避けながら高校生活を過ごしていた。そんな時、人気者で成績も抜群だけど、いつもどこか気だるげな瀬名先輩に目をつけられてしまう。「覚えておきたいって思う記憶、つくってよ」―そう言われ、強引に“記憶のリハビリ”とやらに付き合わされることになった琴音。瀬名先輩は、大切に思うほど記憶を失くしてしまうという、特殊な記憶障害を背負っていたのだった…。傷ついた過去を持つすべての人に贈る、切なくも幸せなラブストーリー。

ISBN978-4-8137-1519-1／定価715円（本体650円+税10%）

スターツ出版文庫　好評発売中!!

『僕の声が永遠に君へ届かなくても』　六畳《ろくじょう》のえる・著

事故で夢を失い、最低限の交流のみで高校生活を送っていた優成。唯一の楽しみはラジオ番組。顔の見えない交流は心の拠り所だった。ある日クラスの人気者、蓮杖紫帆も同じ番組を聴いていることを知る。深夜に同じ音を共有しているという関係は、ふたりの距離を急速に近づけていくが…。「私、もうすぐ耳が聴こえなくなるんだ。」紫帆の世界から音が失くなる前にふたりはライブや海、花火など様々な音を吸収していく。しかし、さらなる悲劇が彼女を襲い——。残された時間を全力で生きるふたりに涙する青春恋愛物語。

ISBN978-4-8137-1518-4／定価682円（本体620円+税10%）

『薄幸花嫁と鬼の幸せな契約結婚～揺らがぬ永久の愛～』　朝比奈希夜《あさひなきよ》・著

その身に蛇神を宿し、不幸を招くと虐げられて育った瑠璃子。ある日、川に身を投げようとしたところを美しい鬼のあやかしである紫明に救われ、二人は契約結婚を結ぶことになる。愛なき結婚のはずが、紫明に愛を注がれ、あやかし頭の妻となった瑠璃子は幸福な生活を送っていた。しかし、蛇神を狙う勢力が瑠璃子の周囲に手をだし始め——。「俺が必ずお前を救ってみせる。だから俺とともに生きてくれ」辛い運命を背負った少女が永久の愛を得る、和風あやかしシンデレラストーリー。

ISBN978-4-8137-1498-9／定価671円（本体610円+税10%）

『青に沈む君にこの光を』

退屈な毎日に息苦しさを抱える高一の凛月。ある夜の帰り道、血を流しながら倒れている男子に遭遇する。それは不良と恐れられている同級生・冴木だった。急いで救急車を呼んだ凛月は、冴木の親友や家族と関わるようになり、彼のある秘密を知る…。彼には怖いイメージと正反対の本当の姿があって——。（「彼の秘密とわたしの秘密」汐見夏衛）他、10代限定で実施された「第2回 きみの物語が、誰かを変える。小説大賞」受賞3作品を収録。10代より圧倒的支持を得る汐見夏衛、現役10代作家3名による青春アンソロジー。

ISBN978-4-8137-1506-1／定価660円（本体600円+税10%）

『君がいなくなるその日まで』　永良《ながら》サチ・著

心臓に病を抱え生きることを諦めていた高校2年生の舞は、入院が長引き暗い毎日を送っていた。そんな時、病院で同じ病気を持つ同い年の男子、慎に出会う。辛い時には必ず、真っ直ぐで優しい言葉で励ましてくれる慎に惹かれ、同時に明るさを取り戻していく舞。しかし、慎の病状が悪化し命の期限がすぐそこまで迫っていることを知る。「舞に出会えて幸せだった——」慎の本当の気持ちを知り、舞は命がけのある行動に出る。未来を信じるふたりに、感動の涙が止まらない。

ISBN978-4-8137-1505-4／定価660円（本体600円+税10%）

書店店頭にご希望の本がない場合は、書店にてご注文いただけます。